青年学者文库 **18**

文学批评系列

私语·夜读

——探寻当代文学中的叙事可能

关圣力 著

中国言实出版社

图书在版编目（CIP）数据

私语·夜读：探寻当代文学中的叙事可能 / 关圣力
著. -- 北京：中国言实出版社，2018.8
    ISBN 978-7-5171-2896-0

    Ⅰ.①私… Ⅱ.①关… Ⅲ.①中国文学—当代文学—
文学评论—文集 Ⅳ.①I206.7-53

    中国版本图书馆CIP数据核字（2018）第194855号

责任编辑：崔文婷
责任校对：代青霞
责任印制：佟贵兆
封面设计：明　禾

出版发行　中国言实出版社
　　　　　　地　址：北京市朝阳区北苑路180号加利大厦5号楼105室
　　　　　　邮　编：100101
　　　　　　编辑部：北京市海淀区北太平庄路甲1号
　　　　　　邮　编：100088
　　　　　　电　话：64924853（总编室）　64924716（发行部）
　　　　　　网　址：www.zgyscbs.cn
　　　　　　E-mail：zgyscbs@263.net
经　　销　新华书店
印　　刷　北京温林源印刷有限公司
版　　次　2018年9月第1版　　2018年9月第1次印刷
规　　格　880毫米×1230毫米　1/32　8.125印张
字　　数　150千字
定　　价　40.80元　　ISBN 978-7-5171-2896-0

◆ 目录 ◆
CONTENTS

· 1 ·

———————— 夜读 ————————

私语

质朴出神的叙事

——读迟子建《布基兰小站的腊八夜》

读完《布基兰小站的腊八夜》（《中国作家》2008年第8期），便被这个故事感动了。迟子建在这部中篇小说中，凭借着她朴素的叙事，将那个遥远的山区小火车站，描绘得充满了民间温情。人生命的内涵是什么，意义是什么，按照社会上一般的概念说，其实非常简单，"活着"俩字，足以把一个人从出生消磨到死亡。但如果将生命提纯为"人"，使之充满人性，就无法简单了，也许"活着"就是一场冷彻骨髓的悲剧。小说中的几个人物，将布基兰小站的腊八夜变为舞台，为我们演绎了一场充满生活情趣的夜晚，让我们看到了生命在无奈与渴望的冰天雪地间徘徊。作家用自己的创作思维，把我们的生活在文学里艺术了，使人性在文本里存在。

现实主义写作，在越来越多所谓现实的文本里，渐渐地不能超越生活，甚至不能融入生活，只停留在表面，没有了艺术神韵。文学写作对生活现象的描写兴趣，并不能替代对生活可能性变化的猜想，更不能实现用文字对心灵苦乐的探讨。若是和搬家工人一样，把搁摆在房间里的桌椅板凳，从此搬到彼，实在是种简单劳作，即使这些家具里有钢琴和鱼缸等娇嫩品易碎品，也只需要小心操作就可以了，仍然是体力活儿，绝对没有技术内涵。文学创作也如此。

目前一些文本中的人物，似乎没有思维，缺少血肉，扁平得照片一样，或摆或挂在那里。当文学吵嚷着表现生活，要现实主义的时候，我们的文学纷纷演绎酒吧里的灯红酒绿，炫耀小姐们的赤足裸臀，描摹男女间纵情乱性，复写官场清廉和堕落，把文字堆砌得只剩下文字。文学至此，似乎已经没有了魂魄，人性的繁复，被淹没在自我欣赏的絮叨、苍白的叙事中。

常常的，读者会在这样的小说前厌烦，扔下书本，去网络里"斗地主"，去聊天视频里激情，将更多时间，远离文学阅读。因为在网络那里，涉足者可以从游戏中得到浅层次的简单快乐。人们疲惫的身心，已经无法承受写作者的自我陶醉之重。然而，这样的浮躁生活，仍然被一些作家源源不断地搬运到小说里，且自感贴近了生活，还得意着。

其实，读者阅读文学作品，是需要挨近人物生命和体味叙事者的思想深邃，是要从现实生活里脱开，在小说里寻找生活中的一种曾经，一种未知，一种感动，一种希望的艺术内涵。寂寞与冰凉的心，需要暖软和真挚的关爱；迷茫与无助的现状，必得有清醒和倾力的指导。文字是为文学，舍此，读者不可能被感动。

在《布基兰小站的腊八夜》里，迟子建把生活中的曾经、未知、希望、现状溶解在她的情感中，她用质朴的叙事，不动声色地记录民间小事，把感动带给读者。寒冷北国那偏远山区的小火车站，那些人，那些事，还有那只名叫嘎乌的老狗，都会因了她的文字，永远存在。小说里的细节细腻精巧厚实，充满了阅读诱惑，因为小说的叙事流畅，语言充满张力，甚至随意识跳跃。

小说结尾时作家写道，顺吉涕泪横流，站在清冷的站台上，朝天呼喊："这样有神的夜晚，以后再也不会有了！"

流下眼泪的，或许不仅仅是顺吉，还有老齐，还有云娘，还有刘志，还有刘志的儿子豆瓣，还有读着这样文字的我。相信作家在写着这部小说时，也一定被她塑造的人物感动着。这个顺吉，总让我想起《茶馆》里那位沿街抛洒纸钱的老人，低调，无助，绝望，却理直气壮。悲戚的生命，总是感人。

小说的叙事，曾被很广泛地讨论过，现在也仍然如此。中外文学人都关注过这问题，因为文学在世界人群中，作家和读者，都一样需要艺术的关怀和阅读快感，创作的和休闲的。然而，摆在我们面前的文学读本，常常没有解决这个问题。有一个传播最广，也被大家认可的说法是：无技巧叙事。

叙事的无技巧肯定会使文本更加朴素，更具有生活本质的原生态。重要的问题是：这里说到的生活原生态究竟是什么，无技巧叙事到底是怎样的一个方式。是不是把生活用复印机复印一下似的就是文学呢？

从《布基兰小站的腊八夜》里，我看到了迟子建叙事的成功。她的叙事，总是从最平实的地方，向生活，向人物心魂纵深处挺进，然后仍然是在最平实的地方，将生活以文学的样式艺术化。她把自己的笔，变为刻刀，认真地雕琢我们的生活。她笔下的许多人物，许多事情，都是散落在民间的无声处。迟子建的创作，很像把铁坯放到烘炉里烧红，然后取出来放到铁砧上锻打，然后用清水或掺杂了化学药品的水淬火。这算不算技巧呢？也许不是，因为迟子建说：这个中篇，所花的心思和时间，赶得上写一部长篇了。由此可见她对文学创作的严谨追求与虔诚之心。

几乎，迟子建所有的小说，都是从记忆的最深处出发，她笔下的人物，从无声处跳出来，用她的笔尖燃烧，用她的心灵锻打，用她的情感对生活原形进行淬火处理，生命与文本同时借文学充满价值。

《布基兰小站的腊八夜》里的那个山村小火车站，似乎已经被经济了的时代抛弃。曾经在此停靠的火车，高速后便决然从它的站台前驶过，并不管此地也有人需要乘火车。但那位鄂伦春族的老人云娘，却跨越时代，从密林深处走来，带着北国的寒冷，带着她固执的孤寂，带着她心爱的老狗，还有她对生活的执着与对生命的洞悉，到小酒馆里挨一挨人间的暖热。神秘而迷信的民间宗教，给那一方土地上的人们，带来了精神的寄托。因为在云娘身上，蕴涵着原始的人性善良与神奇的力量。好像所有的事，都在她老眼昏花的视觉之中，都在她历世久远的生命感悟里。这就无怪小站信号员老齐称赞她："到底是神仙啊。"在那一方偏僻的乡村，或许真有一种未知的洞悉世事的力量，存在于这位老人的灵魂里。古老又淳朴的宗教，于荒蛮之野生活的鄂伦春族老人，在迟子建的述说下，可爱而可敬。可是，没有人能够左右得了社会的发展，小站也终有一天，会像云娘老人一样，被抛弃在高山之巅。

小说《布基兰小站的腊八夜》里，就是弥漫着这浓浓的冰冷，贯穿始终。但生活并没有在冰冷里失去希望，作家把一束火一样的热情，缠绵在所有的冰天雪地间，一丝一毫都不放过，因为作家赋予了人们生活的渴望，发掘出了人性中固有的，也可以说是残存的乐观本能。刘志的偷盗，警察老刘的弃案不破，在我们的生活里，或许仅仅是个想象，简直没有一丁点可信的基础。但在小说里却充满了情感诱惑，让读者读着这样的段落时，颇感欣慰。看似严峻的道德规范和职业忠贞，被作家颠覆以后，生活竟变得如此可爱！

文学是为艺术，迟子建的叙事魅力，由此可见一斑。

然而，在《布基兰小站的腊八夜》里，迟子建并未满足讲述这个充满同情心的故事，而是继续把笔探入人物的心灵深处，在生命最自私的地方尽情搅动，直至撕碎了所有的生活表象，把人还原为人，把善良和人性，重新装入人体内。刘志为偷盗一袋子粮食果腹，两次剁掉自己的手指，用血淋淋的恐怖，述说着自己对生活的无奈和对生命的表白。而狠狠踢向自己儿子的一脚，又是一脚的刘志，却混蛋得没有人性了。豆瓣跪在警察老刘脚下哭着喊："警察叔叔，别抓我！我偷了灯笼，是想让它照照我家，让我家也像它照的那个楼里的人一样，要吃有吃，要喝有喝的！"腊八的深夜，还没喝上一碗腊八粥的豆瓣，"趴在红光弥漫的家门前，如同卧在鲜血中一样"。

生活，就是这样被作家攥在手里揉搓，虽然有冰凉的世态搅扰，待作家的手张开时，却有她热爱生活的温暖溢出，覆盖了所有的人和物。真的，顺吉的小酒馆里充满了生活的温情，小站是人们生活的依赖，托哈特河里的红鱼、佛爷岭的狗熊黑小子、云娘的老狗嘎乌和她装神偶的鹿皮口袋，都被作家制造的温暖覆盖了，生活也因此有了光亮。

当嘎乌为接云娘回家，穿越铁轨，被高速行驶的列车撞死时，小站在人间最寒冷的腊八夜，终于停下了已经很久不在此停车的客车。去威海为儿子结阴婚的夫妇，得以带着他们为儿子准备的红鱼媳妇，乘上了快速客车。然而，小站上的偶然事件，会把人间的温暖永远留下吗？鄂伦春族老人云娘，在收拾她的嘎乌，将它装入自己的神偶鹿皮口袋时，生命正悄悄地走向遥远。当社会或经济变化时，我们生活中的许多温暖，已经消失得无影无踪。文学作品的价值，或许正在于这样的记述，因为它发现了生命里的残酷。

发生在布基兰小站腊八夜的故事，感动着读者。迟子建的叙事，于质朴处出神，对生命注入了深厚的关注和爱。作家的思维，于无声处承载着善良，超越了现实，是以文学对生活的再塑造。

理想的救赎

——读王昕朋作品有感

　　文学于生活，在两个端点摇摆，它们一起喧嚣着轻轻划动，各不相干，经久而缓慢，渐渐变得沉闷而缺少生机。似乎只剩下简单的、刺耳的、滞涩的声响。尤其是生活，处处都有无奈在堆积，有霸道在膨胀。文学却在这时，摆向了另一侧。我们曾经经历了对文学的全民追崇，一文成名，人手一书的世情，曾经弥漫整个中国。然而事过境迁，现实里，人在唯物质的欲望主义中奔走、呼号、沉浮，对心灵养护，对道德培育，对读书，对创作，或者说对文学，深表不屑。人的身心，在争名夺利中亢奋而疲惫。已经没有一部书，可以深入人的心底，激发大众的瞩目。低俗图书不在此例。低俗的图书，仍然在作者自己的噪嚷中，在书商的策划鼓吹中畅销，利润如飓风狂飙刮来刮去。对于人类社会，这种现象的出现，是一种亘古未有的尴尬；对作家来说，却是历史机遇和真与假的考量。这是个形而上学的概念，我们看到，或者看不到，现实中，道德的日渐衰微在理想主义的话语崇高中，真的像钟摆般地划动，在人们的灵魂里刻下左一道，右一道，深深的印痕，恶魔般用时间的利剑，砍剁善良和人性。这一个发现，正是文学的发现，也只有文学的记录，才能最终证实它，并将比生命更长久。历史留下了秦汉散文，魏晋六朝小说，唐宋诗词，近代笔记话本，民国白话小说，密密麻麻堆积着的文字，无不汇聚着民之酸甜苦辣，仔细看，白骨累累，鲜血淋淋。其实，以小说虚构的故事比照现实里存在的荒谬，可见到文学，正在演绎着真实的历史，虽然它的表现，在现实中显得十分羞涩。

著名作家王昕朋的文学创作，就是在现实中寻找真正理想社会的探索。他在长篇小说《漂二代》里所写到的"户口"问题，精准地再现了一个庞大群体的生存状况。他发现，当下中国中正在为幸福生活而南征北战的打工一族，被真实的生活悬挂起来，使人们在城市和乡村，首都和外省，奸诈和拼搏，压迫与被压迫间徘徊。所谓的北漂者（包括漂在城市中所有的民众），每一个都鼓足了勇气，像塞万提斯笔下的堂·吉诃德，骑着瘦弱的老马，背负行李，高举追逐幸福的长矛，向内心的理想，向美好的爱情，向梦幻中的生活开进，他们前赴后继，一代接一代，走入了万劫不复的大轮回中。可现实比理想更坚硬，无论是腰缠万贯的富人，还是捉襟见肘的穷人，都被"户口"这个问题所束缚，在不能自由迁徙的现实面前，一样碰得头破血流。漂二代者在北京、上海、广州等大城市，面临的不仅是政策壁垒，还有横亘在他们面前的官员们的贪得无厌，还有这些城市中土著们自高自大的排外情绪，还有穷酸未蜕色劲先来的为富不仁的奸商们，任何的风吹草动，都可以威胁到漂泊者们的权利和存在，生命被贬，毫无尊严，已经变得分文不值。这一被王昕朋称为"漂着的人"的庞大群体，在我们的经济改革和城市化进程中，带着内心中的梦想，抛家舍业，拥挤进波澜壮阔的城市大开发中。他们在生猛海鲜的泛滥里，在鸳鸯火锅的翻滚里，紧衣缩食；在灯红酒绿的夜晚，孤独地思念家乡的一草一木。所有的美好现实，对于他们都是虚幻的图景，都不属于他们，像华兹华斯诗歌里的小溪，"夜晚可以听见，白天却寂不可闻"。这就是现实。《漂二代》中的他们，在一场彼此打斗的假伤事件中，突然发现：他们来北京打工二十多年了，黑发熬成了白发。他们和他们的下一代，还不如北京的一条狗，有钱人的狗，都可以在北京上户口，但他们不可以。在几乎所有的公共场所，他们都受到歧视，被怀疑，被盯紧。他们一边为城市建设发展拼命地付出，一边被社会隔离、抛弃。十八里香地区的种种矛盾，因而爆发。毛姆说：我们生活在一个动乱的世界，小说家理应关注这个世界。将来的世界也不会太平。自由总会受到威胁。

作家用自己的爱，对社会观察和判断，首先必得发现自己的良心，还有对这个民族的忠诚，使自己的心与大众的心融合，才能在芸芸众生中感觉快乐与痛苦的琐碎，才能鄙视邪恶，宣示善良。这一点很重要。王昕朋的小说，不仅仅是《漂二代》，他的众多作品，都把关注点集中在大众身上，写他们的生活遭遇，奋斗，坎坷，苦乐。因为这是大爱，是真正对人群，对民族的爱。好比医生为患者把脉，他必得发现肉体或精神的病变，才能给出建议药方。当然，也有找不到病灶的医生和无良瞎哼哼的作家，当然更有讳疾忌医浑浑噩噩的患者。浮皮潦草的文字正在假冒文学洪水般泛滥，歌功颂德的作家正在得意着舐痈吮痔，或许这就是文学不再被大众关注的重要原因。

从王昕朋的长篇小说《红月亮》《天下苍生》《天理难容》等，到中篇小说《风水宝地》《村长秘书》、"并非"系列，再到《金圈子》，他都从现实的角度，描写了生活的繁复，塑造了众多各具特征有代表意义的人物，以及他们作为人活着的窘境，还有社会中存在的各种罕见的狡诈。可以说，王昕朋的文学创作，视角宽阔，题材广泛，理性而又充满了爱。从小说里的故事到文学内涵，作家于创作中，发现了生活的真谛，并把它溶于自己的作品中，将现实生活升华为人文精神的体现。他的作品，不仅得到读者喜爱，也受到了众多文学期刊和文学选刊的关注。

好的文学作品，都有共同点，都在关注普罗大众的生存状态，在关注社会的平等自由等方面，融入了作家的真情大爱。譬如雨果在他的《悲惨世界》中，就描写了法国大革命前社会各阶层人的不同命运，刻画了冉阿让、妓女芳汀和她的女儿珂赛特、仁慈的卞福汝主教、改邪归正的警察沙威、贪婪下作的德纳第夫妇等众多人物，再现了其时社会的矛盾，探询人生的痛苦，人性的善良，表率人的大爱所在，同时鞭挞统治者及所谓上流社会的德行丑恶。这便是一部小说的可贵价值，《悲惨世界》因此不朽。

著名文学评论家张颐武先生，在评论长篇小说《漂二代》时这样写道：

　　　　小说生动地刻画了形形色色的人物，他们在城市中的感情、欲望、行动被王昕朋写得异常真切和生动。王昕朋所钟爱的是用传统的写实的方式，充满同情的笔触来真实地表现"漂二代"。从风格上，这部小说承继了如狄更斯、巴尔扎克、德莱塞在西方工业化进程中表现这一进程所运用的写实传统，描写事物曲折尽情，刻画人物相当深入。

那么，回到作品本身，可以说《漂二代》这部小说，是当代重要的文学作品之一。

由此，我们也可以断定，一位作家，他首先不是要讲个故事，不是要讲个世俗的男女情爱，或婚外恋，或家长里短，而是要发掘人性，将生命百态溶解在作品中，同时还要发现社会存在的问题，揭露丑陋，褒扬善良，以自己的笔，勾画出平等的理想社会。当然，作家不是万能的上帝，他无法也无力解决社会存在的悖谬，不能将邪恶势力驱除干净，更不能使每一位平民获得温暖和庇护。但是，他要将自己发现的不合理现象，提出来，将一切以权霸道、为富不仁、压榨民众等行为归于罪恶，让所有的人看到这种事实的存在，呼吁人心向善，帮助社会回归到理性发展的道路。舍此内涵，任何体裁的文字作品，无论其自我标榜，或被人吹捧叙事多么细腻，结构多么奇妙，语言多么朴实，严格地说，凡是只写鸡零狗碎的东西，都不能算在文学的范畴。

古今中外，任何一部文学作品都如此，它必得在颂扬人性之美丑善恶中，有所发现，有所担当。当我们读到奇丑无比的卡西莫多救下美若天仙的艾丝美拉达时，在读者内心里翻搅的绝不仅仅是美与丑的碰撞；当读到高老头把一生的爱，都倾注给两个女儿，他却被亲生女儿赶出家门而死时，读者是不是会诅咒那两个女儿缺少人性呢；当读到妓女娜娜把米法伯爵等贵族踩在脚下，羞辱，蹂躏，抛弃时，读者是否仅仅看到了娜娜丰腴的双腿和高耸的乳房呢？每一部作品背后，都存在着社会无情的黑暗，每一位人物都有独特的深刻内涵。

属于文学的小说，总是强调虚构性，但我们知道，虚构的小说，这一部或那一部所讲述的故事，往往会是生活里的真实发生。出色的细节描写，有时候像录影机的定格画面一样，真实地再现一种生活存在，甚至将现实浓缩，其逼真的程度，无论美或丑，特写般的触目惊心。

王昕朋在《漂二代》中所揭示的问题，读后使人伏案唏嘘，因为它涉及了打工族这个庞大群体的生存问题，但这正是作家对社会的大善之心。王昕朋的作品，在展现当下社会真实现状，对善良赞扬，对丑陋鄙视的同时，更多的是呼吁对大众的爱。因此可以说：小说的冲击力，超越了文字内涵，承载着更多的信息，记录了社会改革的真实进程，记录了两代人生命的前赴后继。作品的文学价值，由此奠定。

现实主义的文学，或许正在分割为两极。一种是为民生存发声，为社会发展把脉，发现问题，提出问题；另一种是热衷写风花雪月美化现实，或歌功颂德粉饰太平。其实，提出问题者，才是对国家的真爱，是促进问题的修正和改进，让社会发展少走一点弯路，更快地达到社会发展的理想目标。歌功颂德粉饰太平者却未必，其用心十分险恶！

　　文学对生活的理性揣摩，提倡普世价值的实现观，与生活中的理想有不同，因为用现在时比照将来时，一丝一缕都是沉重，根本无法等同。假如我们把堂·吉诃德揉搓进《理想国》，塞万提斯和柏拉图一定会疯掉。这就是小说带给我们的困惑，也是它的价值所在。

《启蒙时代》的青春内幕

——读王安忆长篇小说《启蒙时代》

佛学上有种说法，叫作：涅槃。而人存在于世，会经历许多不如意，烦恼使人对真谛、无忧、解脱、实相、吉祥等，产生了无休无止的真诚渴望。"涅槃"便是对此简洁的概括。

王安忆长篇小说《启蒙时代》在文学的内涵之外，就给读者带来了对存在的哲理提示。王安忆这部小说，以细腻的叙写，将一部记忆之书，融入了一代青年的成长过程中，尤其是他们思维的无序和张狂，盲目和孤寂。这一显著特征，却又是依附在想有所作为而又不能的一代人的精神之中。记忆与真实，使《启蒙时代》具有了重要的文学价值。

  《启蒙时代》文本宽厚纵深，远远超过了文字本身承载的内涵，作品叙事平缓，不急不躁，以王安忆式的叙事手段，演绎了那个年代那一特殊人群（高干子弟）们的真实生活，揭示了他们内心的脆弱和无能。南昌、陈卓然、小老大、安娜和舒拉们的青春，与社会躁动的行为、思维等混乱现象纠缠在一起。孩子们的心智，成长着被革命激情催生得失去了常态。

  于是，与家庭的碰撞，父子的碰撞，出身的碰撞，异性的碰撞等成为可能和必然。他们对过去的记忆，对家庭的敷衍，对现实的无奈，终致整日无所事事。他们的思想承载着对社会，甚至是对世界的美好想象，人却蜷缩在"小老大"的沙龙里，徜徉在大字报的海洋里，骑着自行车穿行在灰暗、躁乱的大街上，在"诗"一般的疯狂中挣扎，试图颠覆传统人性中道德的质朴，却又无法塑造那新的模式，因为他们不知道那个未知是什么。他们用青年甚至少年的目光看世界，看生活，眼神迷蒙中带有天真和老成参半的焦虑、幻觉、不解与反抗；还因为他们随时被迫在社会主流与边缘间徘徊，父辈的身份、功劳、现状，决定着他们的存在。一切原生态的人性、道德和精神价值，在一夜间被革命，替代为忠诚的混乱与毫无价值，随之，生命和日子也变得无价值，这便是"启蒙"的代价了。

  大上海的十里洋场，南京的军营，皖南的乡村，革命的道路，作者从容往来于故事发生的核心，一切风土民情，一切来自民间的朴素道德，市井里弄居民的保守好奇、小姑娘们的纯真和妒忌，甚至连不断被自然侵蚀着的古旧民宅，都充满了叙事情趣，自然流露在作者的笔下，也注定使这部作品具有了更广泛的地域性、人群性的比照意义。我们曾经的生活，大都不能脱开那样模式。

《启蒙时代》是一部需要认真去读的书，走马观花似的浏览或猎奇，无法贴近故事内核，也就无法理解作品的深层含义。这部书文本严谨，故事丰满，人物的身世，包括那些过场似的人物，无一不具有典型意义。看似是几个青年成长的琐碎经历，说是他们青春的启蒙，看过以后，才会感悟到，这原来是对我们失忆的及时提示。

书里写到的所有人、所有事，都具有当时的存在特征，充满了哲学的思辨精髓，揭示了人们内心深处的无奈和无助。作品展示的是两代人的亲情脱节，精神分裂，在他们的家庭中，缺少父子情、母子爱，缺少温暖与和睦，也就逐渐养成了这一人群的人格缺陷。年长几岁的陈卓然，凭借着多一点的阅历，具有充分的革命意识，作为启蒙者，他的话语、行为，虽然惊醒了南昌等人，却也仍然在自我意识的混沌状态下，摇摆于青春的纯朴和懵懂之中。

南昌与父亲的对话，不能将父子间固有的隔阂与陌生感消除，这样的现实，沿着亲情温馨的边缘，被推向了崩溃。"小老大"沙龙里青春的萌动，肌肤与肌肤的浅层接触摩擦，注定使他们先于那些普通市民家庭的孩子早熟，因此被烦恼缠绕也是必然，启蒙的真实意义或许正是在此。而躺到高医生手术台上的嘉宝，似乎是以自己早孕的代价，使南昌们终于明白了身体疼痛和思想痛苦的不同。对比之下，他们反倒没有敏敏、丁宜男等那种得过且过的日子来得轻松。

特殊的时代，使这些青年们存在于激情岁月里，却被迫生活在被冷落的一隅，所有正常的成长过程，在这里被施以"思想"的化肥而改变，使他们无所适从，只能在抑郁、怀疑中探寻。他们寻找"光与真理"，却又不知道什么是"光与真理"。他们"激扬文字，意气风发"，集体的时候充满朝气，个体的时候则毫无生气！根本无法摆脱忧郁与迷茫。社会的现实，总是在适当的时候，为他们提供了意想不到的打击。正像书中所写"他们不需要我们了"！"放逐，你知道吗？这是一种放逐！"而后诞生在他们头脑里的，仍然是幻想。如此经历，使他们的思想在青春期的启蒙里走臼错位，不断地生成了冷漠无情的意识，持续地扭曲着自己的道德概念与从众标准。这一"启蒙"所造成的可能，正是伴随着他们这种经历，深深地溶解在他们的血液里，溶解在他们的思想中。

作家正是以清晰的记忆，理性的选材，审视了一个时代青年们的混沌状态，讲述了没有花前月下的青春启蒙，为读者再现了那一特殊群体的真实与曾经，试图以道德返原的理性期盼，对这一特殊人群后来可能的生存状态、道德状态和行为状态进行当代的精神救赎!

　　大众,也就是书里不断被提及,不断被称为"市民!""小市民!"的人,可能永远无法摆脱这个群体冷漠的白眼和荒谬的仇恨!文学的真谛,于此辉煌。

　　《启蒙时代》是一部难得的好作品,它的文本价值在于理智,在于厚重的真实记忆,在于作家以文学的仁慈之心,带给读者的阅读思索,也可说是《启蒙时代》的启蒙。

花环之光

——重读《高山下的花环》

读过许多关于战争的小说，《高山下的花环》是其中的一部，它曾给我带来心灵的震撼。20世纪80年代初，这部关于中越边境自卫反击战的小说，冲破传统的写作模式，以战争的残酷真相，真实可信的人物经历，塑造了一群可爱的军人，感动了许多读者。

不仅仅因为这部小说的有关战争残酷的描写，也不仅仅因为小说描写了战士们的真实生活，从文学的角度看，这部作品，既可称为新时期文学的破冰作品之一，又是描写英雄战士的经典之作。它所承载的人文信息和文学内涵，宽泛而深厚，更多的是让人思索。当时读这部作品，我的感觉完全来自文本，是从读者的角度，体会它的文学价值，以及它的叙事手段，所给我们传统创作理念带来的冲击。

许多年以后，我到东海海防前沿的海岛去采访，在与守岛战士们的交流中，才从战士们的言谈话语中，真正理解了军人的生命内涵。这是和平时期的环境，没有炮火硝烟，没有随时出击灭敌的军事任务。但战士们所处环境的艰苦，他们以自己的青春，默默却又是坚定地守卫着海岛的精神，让我一下子就想起了《高山下的花环》，想起了靳开来、梁三喜、赵蒙生们在猫耳洞里面对战争时的无私表现。这部当代战争题材的文学作品，没有沿袭小说的传统叙事，没有追求写作技巧，没有刻意去塑造完美无缺的英雄，而是从人的情感，从人的本性，从人生命价值的角度，塑造了我们那些穿着军服的兄弟姐妹。

作品中写道，靳开来说：说一千，道一万，打起仗来还得靠咱这些庄户孙，到时候我这乡下佬给你们头前开路，你们尽管跟在我屁股后头冲！当军长"雷神爷"喊出了：我雷某不管她是天老爷的夫人，还是地老爷的太太，谁敢把后门走到我这流血牺牲的战场上，没二话，我雷某要让她儿子第一个扛上炸药包，去炸碉堡！去炸碉堡！！读到此，谁能不感觉心灵震颤呢？小说的文学魅力，由此彰显。

《高山下的花环》绝不是在简单地讲述这场自卫反击战，而是以文学的朴实的叙事，真实地再现了那场自卫反击战，面对残酷的战争，揭示和塑造着在生与死的面前，生命崇高的平等理念，并以崇高的情感，融入读者的内心。战士们的豪迈精神和首长的无私概念，凝聚成无坚不催的力量，铸就了我们的钢铁长城。小说的审美价值，由此体现得淋漓尽致，也正是这部作品的经典之处。

文学作品，强调的是时代特征或者是它的文学现实性，以及由它的内容、情节、人物命运所给读者带来的阅读享受和强大的心理冲击。仅仅讲述战争过程的小说，热闹虽热闹，却无法使读者共鸣。

我们常说的"现实主义"，不能简单地去理解为"创作方法"，内涵更应宽厚，包容更多的人文理念，并与人们的社会存在、人性、良心和道德为范畴，用这些来支撑文学。《高山下的花环》做到了这一点，所以它不是一般概念中的战争题材小说，而是一部值得认真阅读的经典文学作品。尤其是小说的后半部，给人带来的思索更深刻！

沉甸甸的严歌苓

　　枪声响了，她们美丽的或并不美丽的身体倒下去，永远地在我们的世界里消失了。剩下的是持枪者的凯旋。当然了，严歌苓的小说《谁家有女初长成》和《天浴》里，并没有告诉我们后面这样一个结局，但我看到了那个倒下去的身躯的空白处，正是一个持枪者得意扬扬的身形。无论这个持枪者是谁，是执法者也好，是阉人也好，只要是男人，他都会在他活着的日子里，继续把自己的枪口，对准下一个女人的身体。

　　严歌苓中短篇小说集《谁家有女初长成》里的每篇作品，都会让读者随着她的讲述而心动。你不能不为小说中人物的生存状态感叹，不能不为他们活着的悲哀和遭遇而发问。

　　什么是罪恶？

活着！女人活着就是罪恶。《谁家有女初长成》里面的巧巧和《天浴》里面的文秀，她们就是罪恶！

严歌苓的小说告诉我们：由于她们的存在，社会里有了人口可以买卖；由于她们的无知，男人们都变得精明起来；由于她们的愚昧，兄弟虽傻，却可以共妻；由于她们的软弱，有权力的男人可以肆意地使用她们的身体，调剂自己心理和生理的情绪；由于她们白皙的身躯充满了毒性的诱惑，世界都在随时随地地腐烂。她们不是罪恶，谁是罪恶？

一位远在异国的华裔女作家，以她善良的心灵，关注着自己曾经生存的土地。严歌苓用她手中的笔，不，是用心，悄悄地勾画出我们生存里的琐碎故事，其描摹的笔触所到之处，无不浸满了女人的辛酸和男人的邪恶。她的小说里，没有哗众取宠的痕迹，她只以自己对社会的理解，用细腻的故事情节，讲述着，再现着普通人的真实生活。她的小说里，语言的平实中不乏幽默的讽刺，不动声色地让读者的心，沉浸在她冷峻的字里行间。无论是谁，读了她的小说都会感觉到，人的感情，竟可以这样融合于作家的文字之中，给人们带来一种很难言说的心理感受，这就是严歌苓的小说不同于其他人作品的地方。严歌苓的小说沉甸甸的，阅读时的苦涩感觉，让我们为我们生存状态中的本能享受的快乐，付出了与享受快乐同等的精神代价。

小说《谁家有女初长成》讲述了一个农村女孩，她向往着遥远城市里的流水线，憧憬着那里短裙裸露躯体的快乐，并因此被骗卖给一个男人和他的傻弟弟为妻；《天浴》则说的是一个城市女孩，因为政策而落户荒凉的高原放马，而不得不与一个不是女人却形同女人的男人同住一室，她同样向往着回到自己的家乡。她们的身份和生存环境绝不一样，但在她们的内心深处，却同样渴望着美好的生活。她们的想法，无论是在小说里，还是在现实里，都不能说错。但正是这样的想法，使她们成为产生罪恶的渊源，也使她们在罪恶里长成了女人。因为，在现实里，想象是一回事，生活却是另外一回事了。巧巧和文秀的身体，像接力棒一样在男人的手中传递。一种无奈的生存状况里，巧巧"给人贩子一夜做几次"，竟然也感觉到了快乐；为了回城，用自己身体铺路的文秀，竟然毫不羞涩地喊出了"卖也没有你的份"！是什么力量，这样轻而易举地顶替、偷换了她们的幸福概念？

读过小说，我们不能不问，女人的幸福生活在哪里呢？现实社会里没有准确的答案。严歌苓用她的小说告诉我们：在贫穷的生存环境里，除了她们自己的身体，没有通往幸福生活的捷径。现实也逼迫着她们认识到这一点，并义无反顾地走了去，直到枪声响起。这就是《谁家有女初长成》和《天浴》这两篇小说给我们的答案。但是，两篇小说中的两支枪，却是被握在两个不同身份的男人手里。一个似乎是为了正义的军人，另一个则是为了找回完整自己的阉人。看似合理的结局，却充满了人生的荒唐，却又使人深思。还有什么比这样的结局，更让人触目惊心的呢？或许我们的生活就是如此吧，所有的故事都产生于贫穷和愚昧之中，所有的女人无时无刻不是在男人权力的枪口威逼之下。

真的愿意在我们的生活里看到《天浴》中这样的场景：一个被阉割了的、不能体验生命激情的男人，亲手杀死了那个在他面前诱惑男人的女人，一个罪恶消失了；他又将枪口对准自己的胸膛，然后，又一个罪恶消失了。

但是，严歌苓的小说，似乎还给我们留下了什么思索，什么呢？读一读《谁家有女初长成》吧，那里有一片红艳艳的朦胧血色，会让你在惊诧女人觉醒时的邪恶力量中，感受到除了她们肉体以外的另一种可爱！

人性的呼唤

——读《特蕾莎的流氓犯》

　　读完中篇小说《特蕾莎的流氓犯》（作者陈谦，原发《收获》2008年第2期，《北京文学·中篇小说月报》2008年第5期转载），我被故事深深地感动之余，也被作家的善良之心感动，这个善良来自作家对历史记忆的清晰和反省。那是我们曾经的疼，是我们尚有良知的人性的疼。它感动着读者。当然了，以文学的概念来评价这部作品，这也是一部难得的好小说。

　　"特蕾莎"这个名字，或许我们很熟悉，或许也陌生。1979年诺贝尔和平奖获得者，就是修女特蕾莎（也有翻译为"德兰"的），她的一生，极尽自身所能对穷人之爱，并因此得到全世界人的尊敬和爱。但是小说里的特蕾莎与那位仁慈挚爱的特蕾莎没有关系。小说中的特蕾莎是我们的"特蕾莎"，她来自西南边陲广西。小说作者陈谦的青少年时代也是在广西南宁度过，她于1989年春赴美留学，现定居硅谷。她视写作为生活奢侈而本质之必需。

我不知道她说的，视写作为生活奢侈而本质之必需的内涵到底是什么，但我从她的小说里，从《特蕾莎的流氓犯》里读到了善良，读到了人性，读到了对人的爱。作家对历史反思深刻，对历史记忆清晰，对历史的问责理直气壮。这种真诚的反省，正是发自作家心灵的对人的爱。或许这就是她说的"本质之必需"吧。

《特蕾莎的流氓犯》这部小说，是近年来难得一见的好小说，作者对故事有高超驾驭能力，这部作品的结构、叙事、语言都很完美，无须赘述。我们也不能仅仅以文学的价值来衡量这部中篇小说，它所承载的信息十分厚重，无论是从文化的层面，还是从文学的层面，都值得认真去读一读，然后真诚地沉思、思索，反思我们的历史中、人性中，曾经的罪错，曾经的愚昧，曾经的忠诚，现在的苍白，现在的麻木，现在的失忆。

《特蕾莎的流氓犯》讲述了两个几乎相同的故事，关于两对少年男女春情萌动期发生的故事。但他们是不幸的，四个孩子的青春期恰逢"文化大革命"岁月，也因此注定了他们的爱情失败，以及性格的扭曲。那时人们思维保守，行为规矩，社会却是混乱的，人们都像虔诚的宗教徒，尤其憎恶婚姻之外的情爱发生，对青少年的男女接触更是深恶痛绝。特蕾莎的流氓犯便由此而生。在劲梅十三岁时发生的一切，使她的心灵受到严重创伤，并给她留下了记忆的疼痛，这个伤害，对于一个青春萌动期的少女来说，实在是太沉重了，甚至倒错了她的女性心理。

> 她对所谓的爱情没有向往。她看男人的眼神像是在看一杯清水，连心思都是淡的。她想她或许也是爱爱情的，却爱不上男女之情。她约会过一些男人，在她年过三十之后，她跟他们出去吃饭，喝酒，看戏，郊游。但是她跟他们的关系全在肉体接触之时停下来。她惧怕他们的手。他们的手伸过来，穿过她的衣领、解脱她的纽扣、扯开她的拉链，令她听到怪兽在清冷的月夜下嘶吼一般，她让那吼声吓住了。她想过像欧美女人那样去看心理医生。可是，她们要寻找的是不知名的怪兽；她却认识那只怪兽。

当特蕾莎（在科学研究上颇有建树的女人）要在异国他乡见到她的流氓犯（以研究"文化大革命"历史，探寻"文化大革命"真相的学者）时，她内心深处泛起了对自己过去的回忆，而这记忆一直折磨了她几十年。她试图在这次见面时，对自己的流氓犯袒露心灵深处的愧疚，并真诚致歉，以清净自己的心灵，使之恢复正常，本分安宁地做女人。

但他们的见面却充满了戏剧性，他与她的忏悔，虽然都来自心底，是那样真诚，那样彻底，可倾听者却不是倾诉者要寻找的对象。文学的魅力由此可见，如果这情节不是作者刻意的安排，那么一定是我们生活里这样的故事太多太多。几十年过去了，那曾经的往事，仍然使读者心疼，使读者不得不为我们曾经的罪错行为和疯狂深深地反思。

教授古文的父亲为她取学名静梅，而她入学时正是"文化大革命"改名高潮，所以她就把自己的名字改为"劲梅"，这个劲梅便是后来的"特蕾莎"。另一个女孩子的家庭要悲惨得多，是一个被下放了的"右派"之家，父亲在农场改造，哥哥在另一个很贫穷的地方做工，一家人天各一方。女孩名叫李小梅，后改为李红梅，她被爱她的少年称为"小梅"，事情发生后，她和她的家随着迁徙消失，不知去向。这也是后来的学者王旭东到处打探寻找她的重要原因。两个故事里的少年都叫"王旭东"，都生长在军队干部之家，他们的父母都是手握权力的人。这个王旭东，虽然不是一个人，但他们就是：特蕾莎的流氓犯。他们当时的生活相对安稳，阔绰，家里有洋房，有花园，父辈也没有受到冲击。

劲梅和她的王旭东结识于后者院子里的番石榴和他家

里珍藏的图书。她在他家里看到了许多外面见不到的书，《红楼梦》《青春之歌》《迎春花》等，还有大摞的《大众电影》。少女的好奇心和求知的欲望，使她接近了他。两个少年交往纯净，情思萌动自然，却因了劲梅的家教保守或说对情爱无知，而拒绝了与后者的接触。其实，也没有任何实质性身体接触发生，仅仅是旭东想要接触她。问题出在后来劲梅看到了旭东与自己的好友搂抱的场面，她在心里爱的萌动中，产生了对好朋友的嫉妒，愤怒中去好友家里告发了王旭东，并导致事件扩大，旭东因此被批斗，并以"少年流氓犯"的罪名被宣布开除学籍，扭送到师院在近郊邕宁县的五七农场劳教一年。从此毁了他的前途。

这里值得一提的是，王旭东身居高位的母亲，并没有责难劲梅和她的家庭，没有逼迫她修改她诉说的事件过程，也没有袒护自己的儿子。这种为官公正的行为，在当时并不少见。

另一个少女李红梅，长得很漂亮，皮肤白皙，是南国少女中的佼佼者。她与王旭东结识于一次浩大的军中盛宴上，她的美丽吸引了他的目光，并产生爱慕之情。他们的交往之媒，也是书，是《青春之歌》《迎春花》《苦菜花》。她的美丽使这一个王旭东着迷，使他开始了对她真诚的追求，并许愿要让自己的父亲，帮忙把她的一家调到一个生活条件好的地方，让他们团聚。他相信，他的父亲有这个能力，更有这样的权力。于是有了他们在江边的约会，有了江水里的第一次性爱。然而，他们却是不幸的，李红梅的妈妈到江边来找她，看到了这一切。但这一个王旭东要比前一个幸运得多，他没有成为少年流氓犯，仅仅被父亲抽了一顿皮带，被赶回了老家，然后去当兵而已。但是小梅一家却因告发了此事，而受到打击，被下放到了更偏僻更艰苦的地方。

那个年代的少年之情，往往是从读书开始，是一种真诚纯净的男女交往，恋情的发生也往往伴随着纯真，是那么自然。我相信，那是一种可以感动心灵的爱。从那个年代走过来的人，或许都有与他们相似的经历。但我们有没有他们，尤其是有没有特蕾莎这样的自省意识呢？我们可曾反思过我们的行为，我们的愚昧呢？如果没有对过去的真诚反思，只是活在懵懵懂懂之中，我们的人性是否是完美的呢？小说恰恰在呼唤我们的人性回归上，使文学上升或者说回归到它的本质上来。它让我们思索，爱，是什么。人生中每一个人的遭遇，无论其是悲惨还是幸运，绝不仅仅是命运使然，还有更重要的外在力量毁灭了人的基本的本性。但绝不是所有的人都能够认真地反思自己的过去。

两个几乎相同的故事，主人公的命运却不同，结局无疑是悲惨的。尤其是当劲梅或小梅变为特蕾莎以后，她们内心深处的内疚和负罪感，那种刻骨铭心的疼痛，始终折磨着她们的心，让她们终生不得安宁。

　　那两行泪水化做怪兽，三十年都不曾停止对她的追逐。她后来想过的，她其实是喜欢他抱住她的那种感觉的。她按他的示意，向他撩起裙子的时候，她的震惊里是有着快乐的，还挟带着几丝沾带甜蜜的刺激。她那年只有十三岁，她就有了嫉妒。她为了她十三岁的嫉妒，利用了那个时代。

　　当时间过去了几十年后，特蕾莎与他的流氓犯相逢在美国。两人相对而坐时，所有的记忆都是疼痛，所有的忏悔都那么真挚。她试图以反思的真诚，赶跑折磨了自己几十年的，心里的恶魔。

　　但他却不是她的流氓犯，而他却真的是因为自己的爱，自己的行为，曾经给一个家庭造成了灾难。

　　应该说对不起的是我。你们一家被下放去三江，就是因为我。当然，也，也还有我父亲。他去世前还提到过，他好些年都托人问过你们一家的下落，还是他告诉我，你到美国来了。你不能想象，这消息简直让我们如释重负——不是为我们自己。我今天能见到你，能当面向你表达我的、我们一家对你的歉意，我想我父母在天之灵也会欣慰的。

小说的讲述，把我们带入人性的旋涡，让我们久久地追随着作家的记忆，与她一起沉思、反思。

作者说："在很多人选择忘却的时候，我开始回望。当我有限的目力停留到'文化大革命'这只庞然大物时，《特蕾莎的流氓犯》记写下的是我的叹息。"

这使我想起了《神曲》，但丁在他的《天堂篇》里说：这些幸福的灵魂，被上帝的真爱之光所照耀，自身也成了一片极其美丽的光芒。

仅仅是因为我看到了作家的善良，看到了作家的自省，看到了作家的人性！

小说展示了理性的文学本质。

文字的力量

——序徐行者小说集《种金得草》

　　为文者面对生活时，看到什么？文字怎样表述琐碎
的虚无和沸腾着的冠冕堂皇？一切生活的本相，都深深隐
藏在繁杂的文字符号之间。于是便有了酸甜苦辣对人的搓
磨。得意和失意由此存在。作家在创作时，看到温暖或看到
冷漠，并不重要，只要记得存在和真实，文字便才真实，才
会具有抵达心灵的力量。在文学作品滞后于生活的特征性
下，要记录这样的真实，而不是徘徊于生活的表象间。

　　桂林作家徐行者（徐强）的小说，在叙事上具备了反
映真实生活的特征。他的小说集《种金得草》，汇集了新
创作的十几篇小说。这些小说，以不同题材关注生活，塑
造了各具特性的人物。《卖报纸的老太婆》里的老女人，

《马医生》里的鳏夫马医生等人物，无不活灵活现地出现在文字中。徐行者的小说，从生活的小地方着眼，不动声色地介入生活，却可以使读者从字里行间感觉到人间躁闹的热情。真实的情节，往往感动读者。

他在小说《爱情双实线》的叙事中，根据人物生活现状，将她（母亲）和他（儿子）分别推入扭曲的存在中，却各自勉强着，继续在孤寂行走中，独享内心的和行为的快乐。他所描写的母亲和儿子，在生活里不多，但一定存在着。可贵的正在于他发现了生活中的他们。也正是如此，《爱情双实线》便具有了真实感人的内容。小说在描述里，慢慢地把女人逼迫到精神扭曲的地步，让所有的爱消失，让所有的恨，都转移给她的儿子。个体由性压抑积存起来的能量，通过"火通条"狠狠地释放到儿子身上，可也终于无法使自己安静下来，却把儿子也推入无边无沿无情无爱的空白里。至于这篇小说讲述了什么故事，塑造了怎样的人物，反而不重要了。人群里总要有这样或那样的故事发生，很多很多。这篇作品，在探索人性精神，在回望历史，在宽宥人性方面，要比故事本身厚重许多。小说的构架，延展宽阔，涵盖了一个家庭，甚至是一个时代的人的存在悲哀，因为作品里每一个人物身上，都带有明显的时代印痕。作家通过这样一个看似荒诞的故事，告诉人们一个真实的存在，"爱"，或者说"性"，有时候是扭曲的，却也仍然深沉。哲学于生活的辩证和相对，在作家笔下的人性展示中得以实现。这样的现实，也未必没有积极的意义，人类社会的生活模式，总会体现在这一个或那一个作家的探索里。当然，作家们发现寻找的，是一种无碍他人的存在模式。我们从小说本身离开，去看一看人性的真谛，也许能够找到作品提出的问题的答案。

这是作者架构小说的高妙处，他用平实的语言叙述，把人物矛盾托出，放在历史背景中，让时间佐证。当然了，这对儿母子的行为，与正常伦理扭曲，可读了故事后，却感觉到生活仍然温暖。

《遗嘱》也一样，作者不动声色地将一个不孝男人刻画出来，又将他扔进了被愚弄的深渊。赤贫的人与暴富者、弄权者一样，往往在磨难和得意时失去人性。而那位在暗地里作祟的男人，究竟是谁，使用了怎样的手段，谁是他的同谋，甚至他存在与否，都不重要了。

徐行者的叙事智慧，还体现在他的另一篇小说《种金得草》中。自以为聪明的"我"，靠智慧挣外国人的钱。结果却被一个美国女人"仙人跳"了，心情激动着，白白地陪伴人家游遍了桂林，结果却是竹篮打水。

小说《种金得草》的文字平实，顺着事情发生发展的必然线索，反映了生活里正在发生的事，准确地将生活撕裂，使人性暴露在读者面前。最可贵的是，作者并没有把故事过程写得冗赘，并没有像一些作品似的，把开门关门等无关人物性情、思维、外表等行为，当成细节来描写，而是给读者留下了充分的想象空间。徐行者的文字功力与对文学的理解，由此可见一斑。

正是这样的文学作品，勾画出了生活于众生的沉重。可以说，徐行者的文字，捕捉到了人性的真谛，于普通人的日常行为里，发现了文学内涵，展现了作家心灵里的善良。

文学作品，要做到反映生活，其实不易，现在的许多小说，在现实主义幌子的招摇中，过于写实，几乎像复印机，产出的文章纸一样扁平而呆板。有的写作者，一定要把生活里发生的所有事，陈谷子烂芝麻一点一点地告诉读者，称之为叙事细腻，或者说是丰满的细节。

文学作品，或一幅画作，或一件雕塑，假如只给看客具象的外表或鲜艳的色彩，必定缺少内涵。文学作品不仅需要用形象来表达思想，文字还应该具有动态的功能，可以向人物内心探延，且不必为生活给出结论。

我们的小说，已经渐渐失去了想象、记忆、发现的内涵，而小说却需要这些文学特征。

徐行者的这部小说集的价值恰恰在于还原了文学的本相。

长夜当哭大散文

——读康启昌的散文集《哭过长夜》

　　信手书写生命，给记忆注入永恒，这是我读康启昌先生的散文集《哭过长夜》的第一印象。本来工作很忙，已很少时间用来读散文，大部分时间都用在阅读小说上了，因为是工作，所以必须读，大约每月百多万字的样子吧。但《哭过长夜》，我还是挤出时间，很快读完了，仅此已足见康启昌先生文字的魅力了。看她的书，就像在听一位老大姐讲故事，都是生活里的事情，亲切、好看，也很吸引人，有时候还要想想，沉浸在她用文字铸造的氛围里，去探求作品里那一个个不同的人物的命运，还有她的、我们的曾经。

　　收到康启昌先生亲自寄来的散文集《哭过长夜》的

时候，正是2005年暑热提前到来的日子。那些天，北京天气热，这书也热，于是就这么热着，走进了康启昌的散文世界中。读书的时候，虽然出了许多汗，内心深处却还是被《哭过长夜》的文字掠来的清凉，浸泡透了。及至后来见到康启昌的时候，面对这位满头白发的老大姐，我说：大姐呀，快去把头发染黑了吧，那样的话，我们就又有了一位《二八佳人》了呀。于是，大家笑。康大姐也笑。她的笑声告诉我，自己仍然年轻。笑完了，我又说：大姐你《哭过长夜》的文字感动了我，我得给你写点评论什么的。康启昌说，没什么，都是生命里最普通的记忆，都是普通人的小事，写下来对自己，对朋友都是个安慰，仅仅如此而已。简洁谦虚，几句简单的话，就将自己的作品说完了，大家风度。我无言。

《二八佳人》是《哭过长夜》集子里的一篇散文，这篇散文，短小精悍，人物典型，细节丰富，时间跨度几乎是追随着人的一生，从心灵到行为，从思维到现象，她都写到了，作品应该属于大题材。但康启昌却是把记忆随手拿来，就那么随意地写开去，竟是十分地吸引人。读的时候，就像听她在讲述自己年轻时的经历。无论是"我"，还是龙姐、龙妹，都活泼得可爱。就是那个有点讨厌的小白脸，也活生生地真实。康启昌文字的特点之一就是忠实于现实。

三位妙龄少女的青春，就这么被她以文字的形式，呈献给读者，并以音乐般的旋律、优美的节奏和细腻的讲述，强迫读者将这些美好的记忆记在心里。无论什么时代，青春少女的心里，总有美妙的憧憬，总有搅动心灵的诱惑，都是那么美好。然而，康启昌所写少女们的经历，各自不同的遭遇，无奈的结局，却又不能不使人沉思。过去的社会，传统的民俗，给了人怎样的束缚呀！在过去的年月，金钱、小白脸，甚至是一点什么零食，对人都是一种诱惑，然，所有的这些，都不如"上学"去的诱惑，来得更强劲，更牵动了少女们的心。读着《二八佳人》，看着年轻时的康启昌做梦，看着她梦见了"自己变成飞蛾飞进了森林，飞进了童话的世界，遇到森林里的小人、红草莓，还有金币"。然而，这一切的梦想，仅仅是为了去读书。想想，读书对于她充满了怎样的诱惑啊。她说："我不要那么多的金币，够我读书，我知足矣！把金币分给上不起学的孩子们吧！"看到这些，我便感叹，那是个多么纯洁的少女呀，她的心灵又是怎样的善良哟。

可是，二八佳人们的温柔之情，美的梦想，终归被现实的坚硬所替代，随之而来的生命坎坷，时刻提醒读者，珍爱自己的青春，也在无声中，鞭挞了当时社会的丑陋。

倒是曾经梦想着成为"康大夫"的"我"，虽做了教书匠，却借了文字的缘分，找到了自己的价值，延续了生命和青春，以至她发出了最淳朴的人性呼喊："天老爷呀，救救我们吧，把我们从黑黑的深渊里解救出来吧，把我那盏因忧伤而熄灭的灯重新点燃吧！"

康启昌的散文，或者说她的文字，总是来得淳朴、真实，全是从她内心里衍生出来对生命的呼唤。这个呼唤就是她对生命的感悟，是她对生活的彻悟，是她作为作家对社会的责任！写人，写人生，赋予散文以记忆历史的特性，是康启昌为文的着重处！

用散文的样式，以短小的篇幅，记取生命，感动生命，这不是很容易的事情。需得作者于点点滴滴的经历中细心提取，不论是记述自己的辉煌，还是叙说亲友的坎坷，融进真情，才能使其文字充满存世的魅力和阅读价值。康启昌的散文在这一点上是做到了有过之，无不及！

就说她写的母爱吧，这也是她从心底里捧出的对母亲的记忆和挚爱。

《清风吹散万般愁》是《哭过长夜》散文集的开篇作品。母爱的题材，被无数的文人用过，许多人，文化人和普通人，成年人和学生，中国人和外国人，都在写母亲的爱。写母爱的文字堆起来，可与珠穆朗玛峰比高，可与太平洋比深！

但你读《清风吹散万般愁》，仍然不觉题材陈旧，不觉文字眼熟，扑面而来的是对母亲的真挚之情。全新的角度，平实的叙说，有趣的细节，将母爱于不动声色中讲述得满是情趣，竟是记载了已经超过了百岁的"老妈妈"的一生呢。

文尾有压题照片，两位白发老人，都甜甜地笑着，那笑纹里，分明是告诉读者，她们为拥有这样的妈妈和女儿而骄傲。静下来，你或许会听到他们的笑声，那笑声，更是会将读者带入来自母爱的沉醉中。因为康大姐虽身为母亲，可她因心理年轻，导致其行为潇洒奔放，总也脱不开少女情节。满头白发的她，在母亲面前撒娇、矫情，与妈妈一起开心。她对母亲的点滴情感，都来自于内心深处的真切感受，来得绵密，来得深沉，那么自然，就那么于自然中，记叙了母亲对儿女们的深情。康启昌在母亲面前的顽皮心态，不能不使人想起"二十四孝"中的"老莱子娱亲"。

我记得，康启昌大姐的女儿尔蜜也写过一篇关于母亲的散文，那篇散文写得很好，获得了"首届老舍散文奖"。但尔蜜年轻，意识现代，心理顽皮，青春活泼，她写的散文是《逃离母亲》，她看不起世界，看不起传统，不愿意被身为老师，对她"严格要求"的母亲所束缚，随时准备展翅高飞，去寻找属于自己的世界。

回过头来再看康大姐的散文，你就能知道了，她和妈妈和女儿，这三代女人，是怎么笑在生命里的了。

康启昌为女人，为母亲，为女儿，她的生命，走过了太多的路，走过了太多的艰难（这在她的文字中可以感觉到），她体味到母亲的不易，自己虽也为人母，虽已过花甲之年，虽满头白发，但仍然是溺在被母亲深爱着的温柔乡里，不肯离开半步。因为康启昌的老妈妈，已经年逾百岁，在老人家身上，缀满了历史，点点滴滴都是老人家曾经的苦难，都是中国女人的艰难，是母亲的辛苦。而笑对过去，则是母爱的无私和博大了。康启昌深知这点，所以，她把母亲总是放在第一的位置，母亲是她的骄傲，是她的自豪，这就是她文字给读者带来的信息了。两位母亲，两个女儿，无论是离不开母亲的康启昌，还是要逃离母亲的尔蜜，其情感的真实表现，都是母爱所致。

康启昌写道："其实，妈妈并不是弱者，只是她更同情弱者。""妈妈养啥啥壮，种啥啥长。""我从没见过第二个像她这样爱干活的人。"

瞧，没有刻意的描述，没有热辣的语言，没有时髦的媚态，而母亲的一言一行已经跃然纸上，留给读者的，绝不仅仅是简单的文字信息了。再读到"妈妈干到六十岁也不退休。她荣任我家的保姆、厨师、采购员、清洁工、'不管部长'"的时候，你能不为母亲的任劳任怨而眼眶发紧，热泪涌动吗？还有妈妈的智慧，她是多么为之骄傲和自豪啊，你听："妈妈呀，我们实在是低估了您的才能。如果您生在战国时期的魏国，不用窃符也可以救赵。"她的文字，当然了，主要是妈妈一生的经历和对生活对儿女们的真爱，感动了人，许多见过老妈妈，听过老妈妈讲古的文人，也随了康启昌将妈妈直呼为妈妈了。

情真意切是康启昌散文的核心。她的文字，绝无矫揉造作之笔，绝无牵强雕琢之处，每一个述说的点，都结实地切中内心倾诉的核，都是细心地牵扯着人与人之间的情感随手写来。或深思，或嬉笑，或调侃，无论从哪个方面书写，都极其自然，这与她快乐的性情和性格紧密相连。尤其是她可将对人的深深的思念，将自己心中那无法排解开的愁绪，很轻松地变成文字。

对故人的怀念，是她文字中很重的一部分。当你读着这些诗样的散文的时候，总会被她心灵深处的真实所感动。

她的《大海的情人》《恨君却似江南月》《送别漂流瓶》等散文，字里行间都珍藏着真情，却又不肯露出半点声色，只在默默无声中放任自己的思想走向深远的记忆和未来。心灵之苦，思念之甜，都随着她轻松的述说自然流淌而来，而文中所倾诉的对象，却越发显得高大了。

这大约就是康启昌的"阴谋"，她要用自己的智慧，通过自己的文字，悄无声息地带领你走近她的心理氛围，和她一起思念她的亲人，纪念她的亲人。其实读过以后，你会觉得，就这样与她一起在文字的思想园地里漫步，甭管品尝了酸甜苦辣中的任何一种，都是种享受。把散文写到这个程度上，将激情隐藏于平实与普通之中，没有很好的文字功底，没有广博的阅历，没有深刻的思维，没有一颗平常心、善良心，是无论如何也做不到的。

你听："两只蛰居的老鸦抖动翅膀之时，总

像即将离巢的小鸟。蓝天在召唤，两只小鸟唧唧喳喳。我们是开着玩笑上路的，我们用沉重的生命制造许多轻松的玩笑。悲剧的故事，常以喜剧开头，这是你常说的话。你在病中时常指令女儿浇水剪枝的黄月季，它开了。寂寞东窗外，凄然开无主。阳光下，竟黄得如凡·高的向日葵。它能替你回答我的呼唤吗？你的向日葵啊，它把无限辉煌化作永恒的沉默。"

多美的语言，多深的意境呀。这是康启昌对自己曾经深爱的夫君鲁野先生的一点记忆，有了文中所述的经历，再有这样的文字，那对故人的思念，是不是很深很深地嵌入了作者和读者的心里了啊。

文字不是万能的，作家也不是万能的，她只能以心灵的记忆，真诚的愿望，以文字的方式，开启人们的心灵窗口，帮助美好的一切得到永恒，促使丑陋的一切遭到谴责。没有记忆功效的文字，无论冠以怎样的美名，都是虚无浅薄的。

在记忆追思自己爱人的时候，康启昌没有忘记我们曾经的苦难。记住那样的日子，是为了不再有贫穷肆虐。康启昌将自己的笔，从私人领域挪移开，瞄准更大的题材，向更深的领域延伸。她写《捉贼》《卖饭》《怕见太阳》《秋收》等散文，用以记忆"文化大革命"，记忆"大

跃进"。虽然只言片语，却振聋发聩。作家那颗善良的
心，跃然纸上！

康启昌的散文，堪称大散文。她的散文以小见大，以
平实中见高峰，以朴素中见真情。她的散文，不掩藏人物
的瑕疵，不张扬个体的情绪，不粉饰社会的太平，不回避
人和人的矛盾，不刻意追逐文坛的时髦，不将自己融进唱
颂的平庸！

因为康启昌先生"哭过长夜"，她经历过心灵苦难的
坎坷，经历过生命磨难的震颤，她是踏着真实的脚印，一
步一步走来的作家，她的散文，是浇灌着自己心血的充满
阅读魅力的文字之花！

响亮的"鞭"花

——读薛舒中篇小说《鞭》

最初读到小说《鞭》的时候，很兴奋。这个兴奋首先来自小说的叙事，其次是语言。自从我们选刊创刊以来，读了大量的中篇小说，感觉现在许多小说叙事没有个性，众口一词，连题材也近似，但终于读懂了"千篇一律"的最新含义。很多作品在文本结构上，甚至叙述的节奏都差不多，好像遵循着什么叙事的方法。我们总是想把最新、最好看的小说推荐给读者，但像这种类八股般的叙事，是否具有文学价值，很值得怀疑。所以有时候感觉看稿很累。《鞭》就不一样了，它给读者带来的是阅读的快感。这个小说，情节紧凑，语言精练，叙事清新，看这样的小说，便觉得轻松了许多。

当时还有个想法，觉得薛舒这家伙，把一条抽猪的鞭子，耍出了花儿，而且是"腰花儿"。作品文字如流，处处审视人性的所在。当时还不知道作者是位女性。虽然此前也看过她的作品，但我没有猜测作者性别的爱好，我们选刊"好看，权威，典藏"的办刊宗旨，以及刊物的生存发展之必须，也使我只能遵循看文不看人的规律。读完小说《鞭》以后的第一感觉是，这个小说，叙事和语言都有力道，不柔媚，不扭捏，情节顺畅，人物也有个性。作品文本如同有形有声，与小说人物黄拥军耍出的鞭花一样飞舞呼啸。

看着小说，便觉得拐手与黄小军这一人一畜，在作家的文字笼罩下，表演了一种充分的生命躁动，人的和畜类的。黄小军发泄的无奈与拐手压抑的苦闷，都来自生命的性本质，形成了有思维与无思维之间，快活而又清晰的对比力量，显示了文学作品中的哲学品质和美学内涵。毫无疑问，作家的叙事企图获得了成功。她把笔下的一高一矮，一竖一横，一瘦一肥描绘得充满了性悲情，可谓淋漓尽致。

其实《鞭》这部中篇小说，故事挺简单，但作家对这个题材的开掘却宽泛，从此至彼，有对人生命中性的逐渐唤醒，也有畜生机械的繁衍繁荣，二者相辅相成，共同构筑了人类生活的生动场景。但是作家没有刻意去写拐手的生命遭遇，更没有把他的孤独当回事。作品显示，拐手自己都觉得这么活着没什么不好，他觉得他活着就应该这样。至于别人怎么样活着，与他无关。即使对羞辱他的人，也没有力量和精力反抗，只轻骂一句：你才是猪郎。拐手不仅手瘸，还窝囊，与阿Q有着浓稠的血缘关系。

作家在叙述中，随着拐手去配种的往返，随着黄小军这只公猪的劳作，慢慢地把黄拥军这个男人，推进了近似绝望的存活空间，使拐手眼睛所看到的女性，变成了肥白的母猪，散发着清香的腥臊味儿，以至他终于挥舞着鞭子，"抽得昏天黑地'呜呜'作响，抽落了大片大片的黄花瓣瓣，直抽得空气中弥漫了花粉的油香。那鞭子被拐手抡得似翻腾的龙，钻天撕碎了云彩，落地砸碎了花草，直抽到鞭子的接口处再次断裂……"

拐手的心里压抑，都随着他舞动的鞭子，酣畅淋漓地喷发出来。拐手似乎也只能靠耍鞭花来消耗体能，他没有任何劳累身体大动的快乐行为渠道，没机会，没本事，更没对手。在这篇小说里，作家把自己的笔，幻化成作品里的另一个人物倪菊芳，带着对黄拥军的嘲讽与挑逗，直直地探进了这个"从一出生就没接触过女人"的男人的内心深处，在那里肆意地搅动，直把拐手逼到了用鞭绳捆绑了自己，匍匐在菜地里自虐的性倒错时为止。作品中倪菊芳这个人物的行为自然，语言村俗生动，处处带有乡村女人的野性，无拘无束地欢实。她或许是无意，也许是好意，却在这随意之中点燃了拐手的心火，焚烧着这具叫作男人的肉体。

而这部小说的美学价值，高于生活的文学性，正是于此展现出来。

作品对拐手命运的处理绝妙也理智。当黄拥军人生里第一次像他的猪郎一样勇敢地扑向女人，像猪一样叫唤、亢奋、激烈时，作家没有让他得逞，而是不失时机地对拐手人性的渴望，使出了撒手锏，将拐手的男性威风，狠狠地扼死在悲壮的冲动之中。不动声色地将女性的高傲与霸道，俏皮与矫情，成功地强加给四十岁的童男子。拐手黄拥军便从此失去了自己。当倪菊芳把拐手的好手拉入自己的前胸时，这个亘古存在的女性的诱惑阴谋，只温柔却有力的一掌，便将拐手拍进了人间地狱。那个深藏在拐手身体里原始的性别魔鬼，突然膨胀了，"拐手茫茫然的眼睛里忽然射出两道光亮，不是庆幸和窃喜的光亮，而是加倍的哀伤，怨到骨头里的光亮……"只一瞬间，支撑拐手生命的精神，在触摸女人物质的感觉里崩坍了，万劫不复。物质决定精神的哲学概念，又一次被作家证明。一个苟活人间的男人，在女性阴柔的诱惑里彻底溃败。根据弗洛伊德性学说，拐手后来有了自虐情节的结局是合理的。

由此也可看出，作家没有沿袭大众叙事的窠臼，没有满足讲个性情故事给你听，而是把文本的叙事，提升到一个探索人性的高度。在小说叙事普遍写实，情节疲沓，复印生活现象，语言缺少张力的情况下，《鞭》的文本结构、叙事、语言等，实在是值得重视的。

　　虽然在小说结尾处，还有着生硬、交代与急躁的痕迹，但对于作品的整体价值来说，影响不大。也许是因为拐手的命运，随着生活环境的改变和竞争对手的逼迫，已经告一个段落，在这个故事里，已经没有延续下去的必要，才造成了作品结尾的微瑕。

　　小说的骨架和血肉，是语言和想象。在《鞭》中，这两方面都通过作家的叙述得以实现。因此，可以说这部作品是丰满的。我们也有理由相信，薛舒能够写出更好的小说。

心有大爱笔有神

——记著名作家王昕朋

如题所说，似是溢美之词，其实是读了王昕朋的作品后的真实想法。再者，我们文字交情，往来只在文章间，喜欢他的文字，佩服他的为人，其余便很淡很淡了，有时几个月连电话都没通一个。

与王昕朋相识在北京后海。那年夏天的一个傍晚，我到《民族文学》杂志社去看朋友，刚好王昕朋在那里，他是去看望同在延安干校学习的同学。昕朋身材瘦小，结实，说话爽快，热情，话语间时不时带出诙谐与调侃，是幽默随和的人。虽是第一次见，因了文学之故，彼此感觉没有隔阂，天南海北地聊得痛快，说的都是关于文学的话和事，开心处便一起大笑，晚上又去了后海边的"孔乙己"酒馆喝酒。那时，还没读过他的小说，只知道他是作家。朋友介绍他是中央国家机关一位司局级干部，便猜测他同一些官员作家一样，把写小说当作工作闲暇之时的一点爱好罢了。

等到读了他的小说，我暗自吃惊，甚至拍案叫好。他的小说绝不是那种千篇一律，随意编造，只写灯红酒绿，矫揉造作之物，而是关注那些在当代被称为"底层"的人物。他从平实的叙事里，把我们现实社会中的真实存在，提炼出来，精炼了，又虚构了，然后铺陈在读者面前，每一部小说，都带着对生命的关注，带着热爱生活的力度。读一读，便被他作品里的故事和人物感动了。他小说里塑造的人物，无论贫穷还是富有，无论官员还是百姓，个个都像我们熟悉的，生活在我们身边的邻居，极其真实，可恨又可爱地活跃在他的字里行间。通过王昕朋笔下的人物，读者能够看到某些官员的荒淫和无耻，也能看到普通百姓的勤奋和无助，也能够看到商贾的无良和奸诈，能够看到赤贫者的善良和美德，他从朴素的文学视角，审视着我们的生活，于人们最熟悉最普通的地方，撕破张狂虚伪的假面，用真实的素材，虚构成载满温度，载满热爱生命的文学碎片，贴补我们群体记忆的缺失。

于是，从那个时候，便喜欢他的作品了。后来又断断续续地读了他的许多作品，有小说，也有散文。我把他的作品，推荐给文学界的几位朋友看，他们对王昕朋的作品的感受和我一样深刻。文学评论家师力斌在《2011年中篇小说综述》一文中，就王昕朋的中篇小说创作写道："王昕朋是一位能驾驭多样题材、问题意识强烈、富于思想深度的作家……能够从纷繁复杂的社会变动中抓取素材，捕捉新的历史现象和社会经验。""王昕朋的创作对当下创作中普遍存在的题材陈旧、资源枯竭问题是一个启发。"

　　每次和王昕朋相见，总感觉到他很忙，来也匆匆去也匆匆，而且脸上常常带着无法掩饰的疲惫。和他聊起来才知道，他的创作几乎都是在夜深人静时。我劝他注意休息，别把自己弄得太累。他用一个比喻来作回答。昕朋说：奔腾不息的黄河，被夹在两山之间一个形似壶口的狭窄的地方，想阻挡它，锁住它，一心一意奔向海洋的黄河不屈不服，勇往直前……生活是创作的源泉，这个源泉在胸中汇成巨浪，关不住，锁不住，因而就会从笔下冲出来。我从知青开始了人生，我做过工人，做过记者，也做过官员，我经历中的父老乡亲，兄弟姐妹，我到地方调研时，看到的普通人的真实生活，他们所经历的那些快乐，那种痛苦，都是我熟悉的，也是我曾经经历过的，我熟悉他们的心灵深处的酸甜苦辣。所以，我的小说里，总是掺杂着我无法抹掉的感情。这种深藏于内心里的真实情感，左右着我的笔，我不能，真的不能不关注他们的存在，因为我爱他们！

　　听到这里我明白了，在王昕朋的生命中，有一种担当，有一种责任。这在他的作品中就可以悟出来。他的小说，总是用文字把爱和恨，延伸进我们的生活，从小到大，从普通的人物命运和各色人等的生活、工作和行为展开，聚集起具有代表性的素材，虚构了一部又一部贴近现实生活的作品。他的小说，情节丰厚，细节细腻，承载了历史中真实的碎片，承载了大众生活里的坎坷，承载了他作为作家对生命，对生活的美好渴望和对邪恶霸道的无奈。他的每一部作品，都蕴涵着他的真实情感。如他在《文艺报》发表的创作谈《感情是现实主义创作的重要元素》一文中所说："任何形式的现实主义，表面上看涉及的是关注外部世界现实状况的书写倾向，实际上，感情的介入往往同时掺杂其间，也唯其如是，才可避免对小说写作的简单化理解，从而还原事物本身的丰富性和立体感。"同样，他在日常生活中，对他所描写的那些人物也倾注了真情。他的中篇小说《红夹克》（《北京文学》2012年第2期，《小说选刊》2012年第3期），写的是在北京北沙滩马路上拦车乞讨的几个孩子，那里每天有几百辆，甚至上千辆车经过，为什么他能在那茫茫车流中，关注到那些孩子，并把他们写进文学作品呢？就是因为他对他们倾注了感情。为了在创作时能把这些孩子写进作品，写得真实，王昕朋曾多次利用周末和晚上的时间，去接触他们，与他们坐在马路牙子上喝啤酒，聊天，谈心。他了解了孩子们的生存和生活状况、他们的心理活动、他们对人生对社会的看法，并熟悉了他们的话语方式，也因此写出了深受读者喜爱的中篇小说《红夹克》。

私下里，与朋友谈起王昕朋的文学创作时，我们共同的疑问，在于他创作所用的素材，不仅朴实，而且宽阔，处处贴近现实。从他的长篇小说《红月亮》《天理难容》《漂二代》《天下苍生》（与人合著）等，到他的中篇小说《风水宝地》《北京户口》《方向》《村长秘书》，"三红"系列的《红宝石》《红夹克》《红宝马》和"三个并非"系列的《并非闹剧》《并非游戏》《并非虚构》，"三金"系列的第一篇《金圈子》等，都能看到他在描述人物命途多舛的同时，还洋溢着浓厚的民族文化。顺畅的叙事语言，不无诙谐幽默的民间俚语，常常将他的作品溶解在读者的记忆里。

与那个时代的所有人一样，他当过知青，做过工人，通过自己的努力，成为一个文化人，又成为一个国家机关的工作人员。工作不断地变换，可王昕朋对文学的执着没有变，他从1976年开始发表作品，至今已有四十多年的创作经历，在这期间，他凭借自己对生活的感悟，对人生的理解，创作出几百万字的文学作品。而且，他在繁忙的工作中，仍然不断地进行着文学创作。他的作品，被越来越多的文学刊物传播，被越来越多的读者喜爱。

最近几年，王昕朋在工作之余，深入生活，了解从外省到北京创业的群体。以小说的形式，将这些生活在边缘的人们所经历的坎坷、郁闷、尴尬和努力，描绘出来，出版了长篇小说《漂二代》。与此同时，他还在《特区文学》《星火》《十月》《北京文学》《中国作家》等多家文学刊物发表了大量的中篇小说，其中多篇作品先后被《小说选刊》《中篇小说选刊》《中华文学选刊》《红旗文摘》《北京文学·中篇小说月报》《作品与争鸣》等重要文学选刊转载。这些颇具影响力的作品，引起了许多文学评论家关注、评论和推介。他的《并非闹剧》还被《领导科学》杂志选载，向广大领导干部推荐。

能够取得如此丰硕的创作成果，完全是王昕朋勤奋的必然。有次聊天，我问起他，你工作那么忙，哪有时间写出这么多的好作品。他笑了笑，自己点燃一支烟，又把一支烟扔给我，才说，有太多的东西想写出来，都积攒在心里，不挤时间写，总感觉不踏实。为了避免情节相似，我常常同时写几个作品。这样，许多人物同时出现在我的笔下，他们的音容笑貌，他们的坎坷磨难，随时与我的思维碰撞，这些人物，大多来自我的记忆和经历，他们都是真实存在的，我要用我的文字和他们交流感情，尽我微薄的能力，让他们的生命，借助文学作品，永远存在。

是的，王昕朋作品里塑造的文学人物，每一个都具有独特的文学特征，譬如直率粗俗委屈的老套筒子；飞扬跋扈千方百计巴结首长的四眼书记；唯利是图随时想侵占村民集体财产的官员，为获得一个北京户口被诈骗得走投无路的青年学子，为吃口粮食而被迫失身的女人等。王昕朋塑造了这些活灵活现的文学人物，他们又成就了王昕朋的小说。王昕朋所创作的文学作品，与那些题材相似、情节相似、语言相似的作品，有着质的区别。他的小说，在关注社会现实的同时，对生命的存在，有着深层开掘的渴望。他试图使自己小说里的人物，克服我们的弱点，积蓄我们的力量，去追求更美好的生活。

我们知道，小说里的世界，其实是作家在审视了现实存在后，以自己对社会的感悟，希望对种种不合理的存在进行修正，以使众生远离痛苦、压迫和欺诈，能够获得更多机会，拥有公正、和平和爱情。作家对现实的关注，从哲学的层面来判断，才能体现其作品的文学价值。

我们看到，王昕朋正在做着这样的努力。

文学需要卡位

许多年前，在北京"四联"理发馆里剪头发。那是真正的理发馆，里面工作的男女技师，每一位都掌握着高超的洗剪吹烫技术，他们会根据客人的头形、面相、气质等向客人建议，并帮忙设计发型，使大家有了外在的个性区分。除此以外，他们不会做目前流行的千篇一律的活儿。为我理发的是位女师傅，她年轻漂亮，手法利索。看着落在白色围单上的碎发尖，我突然想，这很像生活，很像文学。它们曾经存在，却永远不会单独存在。直到它们被剪碎，离开头发的整体后，你才会发现，原来它们也是可以横躺竖卧，支支棱棱地充满个性的。

理发推剪嗡嗡响着，围绕我的脑袋旋转。我偶尔扭头向外看，窗外弥漫着黄色沙尘，空气中飘荡着我们从来也没见过的黄土粉尘，天地间所有的东西都被他们渲染了。

那天，是我记忆里，北京的第一次沙尘暴。因要为一部书写点什么，我便想起了这件事。

前几天，读了一部小说《卡位》，作者是北京作家王飞。我被作者丰富的想象，大胆的结构吸引了。小说写到了沙尘暴（这是我想起那次理发的原因），一对陌生男女在旅途上邂逅，情景真实，却又似乎是发生在作家的意识里。这没有什么离奇的，许多作品都会有男女邂逅钟情的情节。但这部小说，却从这里走进了人性的核心，赋予了人物鲜活的特征。借助那辆行驶在蒙古高原上的长途大客车，几乎，所有的故事，记忆，都在那个逼仄的小卧铺上，沿着作家的思维、想象，四散延展。在深沉的夜色里，在混乱的氛围中，在散发着异性味道的女人身旁，作家的叙事预谋得以实现。在作家的讲述里，遮天蔽日的沙尘暴，汽车在黑夜中迷失方向，被拍碎的太阳光，伸展腰身的狗，劳作不停的蚂蚁，乌七八糟的医院病房，男人和女人的欲望，残存在大漠里民房墙上的语录等，生活里，一切有可能发生的事，都出现在作家笔下。

然而，这一切，都是荒诞的，生活似乎从小说里被剥离开，只游荡于作家的意识和想象中。作家没有按照一般规律讲故事，小说开篇写道：

> 在返回北京的路上，我遇到了蒙古草原上有
> 史以来最大的沙尘暴。这件事确实是真的。中央

电视台以及各大报刊都做出了连续报道。可我老婆却坚定地说，那段时间你根本就没有去过外地，一直在家里。朋友们也一个个出来证明，电视台所报道的发生最大沙尘暴的那天晚上，咱们几个正在一间饭馆里喝酒呢。

"我"这是怎么了？是记忆出了问题，还是存在出了问题？故事在反复折返中展开，"我"坚信，一切都真的发生过。没有人相信。读者也无法找到一个合理的阅读缝隙，去窥视判断"我"的经历中，到底发生了什么。我是否存在，那个女人是否存在，还有那条狗，那位所谓的心理医生。神秘的，似乎是一把挂在脖子上的棍状钥匙。小钥匙是那个女人的。

毫无疑问，生活，记忆，或者说叙述，在这里混乱了。故事发生时，像生活本身一样，被不知道什么力量，截为一段段的碎片，写满我们的快乐和痛苦。文字的力量，正在于向生命里探询，搅动，也是文学作品可以与灵魂共鸣的特征。让·保尔·萨特，曾经试图证明存在，哲学的，美学的。《卡位》的作者，大约也是要讲述存在，虽然情节荒诞，生活却是真实的生活。想象可以帮助我们，从记忆里去寻找一点一滴的现实温馨。虽然这不是容易的事。

我把自己所看到的告诉了老婆。她叹了口气，肯定地说，你所说的那个时间，你正在你的朋友那里。连她都这么说，我很失望。

作者在这里，又一次提到被否认。假如生活真是这样，"我"靠什么来证明"我"的经历是真实的呢?

整部小说，所有情节，都从记忆里穿过，试图找到那个曾经与"我"躺在一张小卧铺上的女人，找到我们之间发生的情景。那张小床，在她离开后，仍然能够感觉到一点残留的体温，空气里也能够嗅到她的味道。漫天弥漫的沙尘，夜色中的荒漠，照亮那女人背影的汽车灯光，作者围绕沙尘暴，拉大锯似的，把"我"的思维，想象，抖落得干净利索。也许，沿着生活这条线索，所有应该发生的事情，都会在缓慢的过程里，摔碎在我们的记忆中。

我无法在这个序言里，把故事介绍得严密和全面，因为这部小说，很像一匹脱缰的骏马，跑得无拘无束。它穿越时空，蔑视常规，立体纵横在作者的思维里。凡生活里存在的，几乎在这里都涉及。堕落的人，光荣着喋喋不休的无耻，无奈的人，蹒跚着遮遮掩掩的羞愧，正常的人，嬉笑着没皮没脸的寂寞。

作者通过叙事，用自己的智慧，把我们正经历的现实，掰开了，揉碎了，让读者通过听了他的讲述，去感觉真实的生活，或者去警惕真实的生活。

回到我曾经的理发馆里，那个记忆使我难忘：理完发，女技师从边上拿来一面电脑屏幕大小的镜子，举到我的脑袋后面，左照照，右照照，让我看自己的脑袋，展示她刚刚的杰作。我向前看，大镜子里有她和她举着的小镜子，我看到了镜子边和镜子里她的微笑和她的胸脯，亲切而温柔。此时，她的眼睛也正在看着大镜子里的我。她是那么漂亮，以至我看不到自己的脑袋。美，往往搅扰视觉，迫使我们瞩目真实。她说，不使发蜡了吧，外面有沙尘暴，黄土会弄脏你的头发。

小说《卡位》，正像这位女理发师，细致而体贴。小说把我们经历的生活，按照作家的思维意愿，重新整理了，虽然看起来它有些散碎，但整部书里，充满生活情趣，当然了，最重要的是作家活跃的想象，独具个性的叙事智慧，实验性的文本结构和活泼的语言等，为《卡位》注入了文学的内涵。这些特征，使小说具有很好的可读性，它的想象与偶然，不乏幽默，也充满了阅读诱惑。读者可以通过阅读它，享受文学带给我们的一份快感与思索。

作者这样写道：

阳光，眨眼前还是灰头土脸的阳光一下子亮起来，也干净了许多，明晃晃的，满地都是。阳光就像泄了洪的水，哪哪儿都被它冲洗得锃亮。

我低着头，默默地走在人潮中。一拨又一拨的人从我身后的方向从我的整个身体漫了过去……一个人潮汇聚成一个巨大的竖起来的浪头（足有几层楼高），向我结结实实地拍过来。阳光被浪头击得粉碎，噼里啪啦地落了一地。阳光折断的声音在几层楼高的地方响着，不绝于耳。阳光的血喷了出来，烫烫的。阳光的血染红了立在路边的树，染红了匆忙的人群，染红了奔跑着的汽车，染红了趴着的街道。我所能见到的一切都是红的。巨浪的阴影中，我慢慢地蹲下身子，什么也看不见，什么也听不到。所有的人披着血红的颜色，踩着满地的阳光碎屑，自我的肋骨边快速地走过。没人理我，他们把我当成一粒碍脚的石子。以后发生的我就不知道了，连一点儿感觉上的记忆也没有。

好的文学作品，也许像坛沉年老酿的女儿红，开坛便香气四溢。《卡位》的想象和语言价值，真的可以在文学中"卡位"。

鬼恋迷人

——读徐訏《鬼恋》之感

常在《聊斋》中看到鬼故事。那些出没于暗夜荒野的鬼怪狐仙，总是美貌，可爱，大胆，妩媚，多情，引得世间书生，或痴情男子五迷三道，跪倒在她们的石榴裙下、做些风流浪漫的勾当；当然她们也常借女色勾引世间负心人，霸道者，为自己复仇，为民间除害，弄出恐怖、残忍、狠毒的招数，譬如敲骨吸髓，譬如掏心挖肺，致仇人或不仁不义的男子于死地，其手段之多，行为之怪，让人无处躲藏，被鬼缠绕者死状悲惨。

毫无疑问，蒲松龄笔下的鬼怪狐仙极其可爱。

近日读到徐訏的小说《鬼恋》，与其有异曲同工之妙。

《鬼恋》是一部充满阅读诱惑的小说，情节丰富，扑朔迷离，作品中处处弥漫着神秘的气氛，冷艳幽深，浪漫，唯美，是一部几近完美的现代主义作品。文学价值和阅读价值并重。

作品开篇于月夜，纸烟，一个荒僻的去处，引出两位主人公的相逢，然后写道：

> 月光下，她银白的牙齿像宝剑般透着寒人的光芒，脸凄白得像雪，没有一点血色，是凄艳的月色把她染成这样，还是纯黑的打扮把她衬成这样，我可不得而知了。忽然我注意到她衣服太薄，像是单的，大衣也没有披，而且丝袜，高跟鞋，那么难道这脸是冻白的。我想看她的指甲，但她正戴着纯白的手套。

人，你这样看着我干什么？

人与"鬼"就此相逢，演绎了一个凄美感人的爱情故事。

作品始终沿袭着恐怖的氛围展开，环境是恐怖的——深夜，一个女鬼在南京路上走，到烟店里买名贵的埃及纸烟，向一个不信鬼的人问路；人物心理也是恐怖的——她说话的表情吸引着我，这时就是在把她送到地方时，她要咬死我，我也没法不愿意了。爱情的诱惑，神秘美貌的女子，驾驭着"我"的行为，去探寻这未知，去追求这美好，即使这女人是鬼，甚至杀死我，我也无怨无悔。两位主人公的爱情追逐和结局不停地牵扯读者的心。读者也可由此看到爱情的美好，爱情的力量是多么大。

> 我没有说什么，静静地伴着她走。马路上没有一个人，月色非常凄艳，路灯更显得昏黑，一点风也没有，全世界静得只有我们两个人的脚步声。我不知道是酒醒了还是怎的，我感到寂寞，我感到怕，我希望有轻快的马车载着夜客在路上走过，那么这马蹄的声音或者肯敲碎这冰冻的寂寞；我希望附近火起，有救火车敲着可怕的铃铛驶来，那末它会提醒我这还是人世；我甚至希望有枪声在我耳边射来。……

徐訏《鬼恋》的故事背景，把读者的阅读，置于恐怖开端，然后让你跟随着他的叙述，沿着故事走向人物内心深处，与他一起体验文学的神奇和爱情的浪漫，让读者在不知不觉间感受爱情追逐的快乐，流泪于有情人天各一方悲情结局。

《鬼恋》的故事并不复杂，简单得甚至只是个短篇的结构，但徐訏所构架的情节却不显单薄，人物遭遇与现实的碰撞，近似传奇的恋爱经过，似真似幻，在扑朔迷离故事情节间，使命运坠落在哲学的唯美层面。爱情之美，生命之浪漫，人心之善良，被徐訏以文学之笔描绘得淋漓尽致。

在经历了心灵的孤独，追逐的焦虑，现实的荒谬和没有成果的辛苦后，作品将人物命运凝结在悲戚与失望的悲剧上。

有情人无缘成眷属。这一点与我们目前流行的小说故事，嗜好把恋人弄上床去表演性活动，有着明显的区别。前者是精神的，唯美的；后者是肉体的，感官的。不知道这属于形而上还是形而下的区别，还是属于高雅与庸俗的区别。当小说的文学内涵被抽取一空，当作家的生活想象匮乏，仅仅用低俗的语言和复述式的叙事，挑逗读者肉欲器官感觉为叙事目的，以伪文学的模样存在时，小说是否还属于文学，值得深思。

《鬼恋》除描写了恋情外，作者也试图将信仰和青年的革命行为融入其间，赋予了小说时代特征，也借此探索了社会现实，并非没有主观追求。这种将作家人生观作为主体的人生体验和心理体验，无疑使小说的文学价值得到提升。作品越发丰满。

……我们做革命工作，秘密地干，吃过许多许多苦，也走过许多许多路。……我暗杀人有十八次之多，十三次成功，五次不成功；我从枪林里逃越，车马缝里逃越，轮船上逃越，荒野上

逃越，牢狱中逃越。……但是我的牢狱生活，在
潮湿黑暗里的闭目静坐，一次一次，一月一月
的，你相信么？这就造成了我的佛性。……后来
我亡命国外……我所爱的人已经被捕死了……以
后种种，一次次的失败，卖友的卖友，告密的告
密，做官的做官，捕的捕，死的死，同侪中只剩
我孤苦的一身！我历遍了这人世，尝遍了这人
生，认识了这人心。我要做鬼，做鬼……我可还
要冷观这人世的变化。

是什么造成了她——也就是作品里的"鬼"如此心灰
意冷？作家于此作出了深奥的提问，并断定：这一段不是
人生，是一场梦；梦不能实现，也无需实现，我远行，是
为逃避现实，现实不逼我时，我或者再回来，但谁能断定
是三年四年。

通过对作品的阅读，可以感觉到作家对生活的失望与
焦虑，他发现了，许多追求仅仅是种诱惑，是永远不会实现
的，因为有更多的肮脏在产生。唯自我与人性存在才真实，
才高尚。

或许这是作家的思维局限，但作品的文学内涵，正是
通过作家对生活的体验，对现实的思索得以实现，才使它
的美学价值，它的哲学倾向，清晰地体现出来。

颠覆世俗的乡村故事

——小说《玉梅》的文学价值

　　文学作品的阅读魅力之一，在于它的记忆功能。一篇具有阅读价值的小说，一定能够给读者带来对生活的回忆和思索，无论这篇（部）作品承载着快乐还是疼痛，都会给读者深刻的印象。海佛的短篇小说《玉梅》，以平实朴素的叙事，讲述了一个几近荒唐的乡村情感故事。作家通过叙事，将故事的时代背景和人们曾经的生活模式，真实地再现，使读者通过阅读，知道了那时的爱情来得多么猛烈，却又只能在无奈中悲壮着。

　　曾经，大众的生活很简单，不仅仅物质匮乏，精神层面也如同干燥的沙漠。生活的概念就是劳动、吃饭和休息，结婚的内涵是搞对象、登记、睡觉、生孩子。但也有例外，一些具有权力，又不甘于寂寞的人，会千方百计地勾引女人，因此也产生了时代特有的道德罪：作风问题。虽总是不断有人被抓现形，被批斗，但男女越轨之情永远存在。悲哀的是，这样的风流韵事，除个别因素外，大多与权力纠缠在一起才得以顺利发生，男人用权力贿赂勾引占有女人（大多是这样，也有女人靠权力献身男人的，但事例不多），交换肉体的快乐。

本篇小说的故事发生在漂亮的乡村姑娘和一个打鼓说书的小瞎子之间，这就使作品具有了乡村生活的独特特征，也似乎充满了民间偷情的快乐和违背世俗的苦涩情趣。人们表面上对男女性事表现了厌恶，实际却喜闻乐见，因为生活寂寞，自我空虚，情感被压抑。所以每当这样的事件发生时，都会给人们带来滔滔不绝的传说的快活，借以填补自己性情的无所为。不少人都乐此不疲，传说男女性事的细节，会使每一个传说者被压抑的性情，或者说渴望淫荡的心理得以释放。

在没有其他物质与娱乐填补时间空虚的时候，有了乡村说书人的行当。当然了，在那个时代背景下，说书人也必须是特殊的人，才可以不下地劳动，而走四乡去说书。譬如《玉梅》中的老瞎子和小瞎子。作家也借人物的这一生理特点，使故事不同于一般。

小说的结构很清楚，先是把青春活泼的女人玉梅展现在读者面前，然后便把她的命运悬挂在"革命家属"的高处，故事因此充满悬念。小说主人公玉梅极其可爱，她对自己的生活满是期待。

> ……玉梅听了，脸如夜里的篝火红涨起来。
> 她心里笑了，嘴上却辩解道，你哄我，他一定会
> 打我的，他那个脸就像是腊月的河面，几锅热水
> 也化不开的冰那样厚……玉梅感觉着疼也是好打
> 也是好，就是不打不疼不好了。玉梅感觉到了，
> 自己好似被那个小排长疼过了打过了，浑身如蚂
> 蚁咬着似的，痒痒难受。

这样描述，逼真地把一个情窦初开的姑娘的心理准确地表现出来。她对未来生活的期盼，迷蒙的幻想里，一切都是美好的。

然而作品告诉读者，人的命运没有定数，"革命家属"的光荣招牌，虽使玉梅感觉幸福，但在她美好的期待里，"性爱"仍然是模糊的，她不知道那种疼爱，究竟是怎么一回事。因此当小瞎子把"性"的诱惑敞亮在她面前时，年轻姑娘玉梅迷失了自己，所有对幸福的等待都消失得无影无踪，心甘情愿地跟小瞎子走了。"性爱"的力量，使所有人都感觉惊奇，而又没有办法。

作品的另一个主人公小瞎子的身世和行为，充满了传奇色彩。在那个保守的年代，为维持自己的温饱活着，他获准在走村串乡说鼓书，像他的师傅老瞎子一样游荡四

方。小说对小瞎子的描写可谓细致，对他打鼓说书的手段也不无赞美。这便是作家的高妙之处。他要在平淡的讲述里，像说书人一样，把悬念随意抛出来，却不告诉读者结局。但正是这个看似高妙，其实充满智慧的手段，被小瞎子运用得恰到好处。

小瞎子眼睛瞎，心里却对人的情感了解深刻，他在说书时，不动声色地抛出了逗引人们情动的诱惑："小瞎子用驴声先来个《西江月》：千古伤心旧事，一场谈笑春风。残编断简记英雄，总为功名引动。个个轰轰烈烈，人人扰扰匆匆。荣华富贵转头空，恰似南柯一梦。"一场书说下来，便借旧时公子、小姐的爱情故事，把玉梅的心触动。

作品在这里没有细说前因后果，却可以使人看到、想到那个年代人的情感生活是多么简单和纯洁，没有任何功利和拜金因素掺杂在性爱之中。性爱在那个时候，虽然苦涩，虽然尴尬，却是真挚崇高的。

小说中其他人物也活灵活现，麻嫂和她男人的生活，轰轰烈烈，满是情趣，却不动声色，非常符合了乡村人的生活；老瞎子身世悲惨，因在说书时，勾引了寡妇被打死；大队书记和派出所的赵所长代表了正义，在对待玉梅和小瞎子的情事上，却无情无义。小说所讲述的，无不体现了那个年代人的特征。尤其是对玉梅和小瞎子情事的处理上，更是逼真地再现了当时的情景，权力摆布人的阴险，从此可见一斑：

> 麻嫂反问，要是玉梅自愿的呢？书记摇着手说，也不能饶了小瞎子，你表弟是部队军官，是革命干部，他这是破坏革命家庭，也得判个流氓罪……哎，可惜了玉梅。
>
> 麻嫂苦笑了一下，问，玉梅没事吧？
>
> 书记说，哎，怎么说，做人就是个脸面的事，如果她要是咬死口说是小瞎子勾引她，她就没事，要是她自愿的，哼，就是没事，她以后怎么做人，对了麻嫂，你可以去劝劝她，让她咬死口说是小瞎子勾引的她，我才能救她。

其实，玉梅并没有与那个小排长结婚，仍然是自由人，根本说不上破坏"革命家庭或军婚"罪。

但玉梅只是个普通人，没有话语权。出了这样的事，她的一切便都掌握在别人手里。但玉梅没给任何人摆布她的机会，她义无反顾地跟小瞎子走了。一场闹剧，在所有人的尴尬中没有了继续闹下去的背景。爱情，被玉梅演绎得高尚又忠贞。它告诉人们，只有自己才能主宰自己的命运。

小说至此已经显示了作家的叙事功力，他把故事编排得合情合理，体现了当时人的观念和社会现状。作品的文学价值也就此得到很好的表现，玉梅的形象具有典型意义。故事内涵也借老瞎子和小瞎子的不同命运，颠覆了世俗的偏颇，把它在生活里重新定位。

　　一部小说的成败，不在于它讲述了什么轰轰烈烈的大事，而是在于平实的叙事里，把人物树立起来。海佛的小说《玉梅》不仅做到了这一点，还通过作品，把乡村生活的简单和人物的质朴，重新展现在读者眼前。这便是文学作品的魅力所在。

人性之重

——读何葆国长篇小说《石壁苍茫》

  最近读了几部长篇小说，有《近卫军之树》《红色巴西》和《石壁苍茫》等，感觉这几部书有个共同点，就是对历史的开掘。不同的是，《近卫军之树》写的是1836年伊斯坦布尔的宫廷秘事，《红色巴西》记叙了1555年法国对巴西的殖民远征，而《石壁苍茫》则是在对客家人历史渊源开掘的同时，将现实生活糅合在一起，尤其是客家人情感的纠缠和一些风土民俗。相比之下，《石壁苍茫》更好看一些。

  长篇小说《石壁苍茫》的作者是福建作家何葆国。知道这位作家是福建人，是不是客家人呢？看了《石壁苍茫》后一直在想。这部小说带给我的第一印象是：充满了对历史的关注，对人性的关注，对客家文化的融入和客家人命运的关注。因此有了对作家是否是客家人的猜想。

近年来，国内长篇小说创作较活跃，每年都有千多部长篇小说出版，这其中还有许多大部头，洋洋洒洒四五十万字，甚至还要多。实话说，在文学被边缘化的状态下，长篇小说能有如此出版数量，真的令人吃惊。我们的文学，或者说具体到每年生产的这堆小说，究竟能不能承载我们的文学之重呢？究竟有多少本长篇小说，能够感动读者，经流通渠道，被读者带回家里阅读，然后又珍藏书柜，实在是说不清楚的事情。我对此持疑问，没有一点信心。

《石壁苍茫》该是近年来出版的长篇小说里的好作品，它写的是客家人，客家事，其历史可回溯到千年以前，还有作者对客家人来到石壁的探源，以及后来客家人的兴衰。读了《石壁苍茫》以后，感觉挺不错。因为可以通过它，对客家人的文化有个大概了解。可以说，这部长篇小说，是记载客家人的史书了。另一个特点是：何葆国的创作语言很活跃，他对客家文化的了解，绝不是表面的肤皮潦草，而是熟悉到可以熟练运用客家民俗，可以使用大量客家方言的程度。毫无疑问，作家对客家人的历史，有着深刻的研究，其来龙去脉十分清楚。对历史的文学回望和创作，给小说增加了厚重感，对爱情的关注，又使作品有了人性的温情，而对人命运的关注，则是作家持文学给予人性的高歌了。

《石壁苍茫》另外一个重要的价值是，叙事手段平实，语言不做作，只任文字于不动声色中在历史和现实间穿插，再现了客家人曾经的生活，再现了年轻人的爱情委婉而曲折，许多细节精彩感人。作品结构宽阔丰满，人物真实可信，故事内涵深厚，在给读者带来阅读享受的同时，增加了读者对过去生活的思索。

这本二十多万字的小说，在具有这样的特点外，还为读者展示了客家人鲜为人知的民情、民风，作品的文学价值不容怀疑。

作品以20世纪初的社会为背景，演绎了一个客家人爱恨情仇、衰败兴旺的故事。那群人生活的地方，是个偏僻的乡村，地名叫作石壁。生活在石壁的客家人，像其他所有地方的人一样，在过去的岁月里，与现实一起经历了生离死别的痛苦和一代代传承着的忍辱负重的奋斗精神。这一段历史，对于曾经亲历的人们来说，该是刻骨铭心的吧。所以，作家注意到了这个事实，他没有把自己的笔局限在讲故事的范畴，而是把作家的创作激情，融进小说，让历史在他的作品里演绎，让爱情在这里繁衍，让客家人兴旺重生。《石壁苍茫》在展开这幅历史画卷时，把客家人生活的酸甜苦辣溶解于字里行间，使这部书在人性化的背景下，越发的厚重好看。

书中这样描写客家人的南迁：

风尘滚滚，一支南迁的家族奔走在路上……
从江西石城爬上站岭隘口的南迁"流人"，一眼
望见山脚下一马平川，百里林涛，万顷荒原，那
是何等的欣喜若狂。……终于有了一块安宁的土
地可以让他们停下脚来歇口气了，他们不想再走
了，他们真的累了。于是，石壁的空中升起了客
家祖先的袅袅炊烟……

作家的讲述，让读者看到了客家先祖们，在经历毁灭
族群的战火摧残后，为求生存，集体踏上了南迁之路。想
一想吧，那该是怎样一种悲戚的壮观，是怎样一次艰难困
苦的大迁徙。但安居下来了，被人称为"客家"人了，他
们的生活里，又有怎样的未知在等着他们去经历呢，命运
的繁复无常，会使客家人兴旺起来吗？

读者可以看到，小说正是沿着这样一条线索，纵横
交错地展开，塑造了巫永咸、张杰心、张杰仪、罗幼妹、
黄茂如等许多活灵活现的人物，他们在作家笔下，用自己
的生活经历，爱情与追求，延续着客家人的香火。石壁大
户巫家的兴衰过程，充满了传奇色彩，婚恋嫁娶，兄弟反
目，土匪张狂，共产革命，农民暴动，整部作品气势恢
宏，穿插着客家人的奋斗，客家人生生不熄的生命旺火，
为读者拉开了客家人生活的大幕。当巫永咸新婚之夜遭遇土

匪勒索，在生子之夜，又遭遇围攻，不得不抛妻弃子出逃时，人性的描写，感人泪下。

> 这是一个无声的世界，散发出一股土地的气味，土腥里带着微辛。这是一条从土地深处开凿出来的逃亡路。一千五百多年前，巫永咸的先祖巫暹公从战火分飞的平阳郡扶老携幼往南逃亡，又是一千多年前，天下大乱，巫罗俊公随着父亲逃到这边……巫永咸只能在儿子的哭声中独自上路，心里是几多的悲怆和沉痛。

读着这样的文字，谁的心能不疼，谁能不动容？儿子刚刚出生，做父亲的还没看自己的孩子一眼，就被逼迫得弃家逃亡。石壁大户巫家，一贯与人为善，修族谱盖寺庙铺路架桥，却仅仅是因了自己的勤奋和勤俭，经营着几家榨油房，生活宽裕些而已，却遭遇了人生中如此的灾难。小说的深远思虑，由此可见一斑。

巫永咸被迫离开了妻儿父老，逃离他生活的土地。巫永咸的这一离去，竟是七十年。七十年是什么样的概念？一个人的七十年该是多么漫长。当巫永咸重新回到这片土地上的时候，一切的一切都已经面目全非，满眼的泪水为什么流淌？留在他心里的，除了人性的疼痛和对爱的执着外，还有什么呢？

在中国这个多民族国家里，对客家人或者说对大家族民众群体的历史、文化与现状，许多人都是陌生的。文化和文学对他们的关注，从来不够，强势文化对弱势文化的淹没，是造成此种现象的重要原因，文学传播的障碍，同样是造成这一现象的重要因素。可喜的是，终于有作家将目光转向这里，以自己的笔，以文学的样式，真实地记录这样的历史，记录他们曾经的坎坷与生命的不屈。

任何一部文学作品，如果仅仅局限在讲个故事的层面，离开了对历史，对现实，对人的命运，对人性的关注，都不会有流传价值，也必定没有文学意义。《石壁苍茫》的作者何葆国感悟到了这一点，因此，他的小说充满了对人性的关注，这是作家的成功，也是小说的最大价值。

被欲望烧灼的青春

——评王安忆中篇小说《月色撩人》

　　不知道生命是否真有轮回，生活肯定有翻覆。但生活的翻覆却不是谁都能够感知的，也许更没有人可以理会昨天的生活，也不知道自己的明天。王安忆用文学描摹出了这生活的翻覆，使生活中的人，可以从故事里洞见生活中曾经和正在发生的事情。

　　中篇小说《月色撩人》（原发《收获》2008年第5期），把一个年轻女子从生活里拿到了文学的手术台上，作家当着读者的面解剖了她的成长，她的青春。通过作品，我们看到了一种曾经，一种将来，或者说一种恒久的社会现象。

　　在《月色撩人》的故事中，王安忆以冷静、细腻、清晰，甚至是不经意的叙事，轻而易举地把读者带入生活的旋涡里，让读者随着她的讲述，走进生活，去看看其他生命的存在。正是王安忆这种对生活冷静的切入，清晰的梳理，才使"生活"在文字里有了文学的内涵，有了可以称之为艺术的质量。

作品中的提提，也曾有自己的追求，但事实上，她经历了在男人间的多次转手，却没能改变自己的存在角色。她生活的现实，像她自己的生命一样无奈。这就是小说的高妙之处，它写生活，写性情，却不流俗，它的提示和发现，使作品有价值。

目前的一些文本，只写生活表象，在这样的小说里，把生活描写得像乌七八糟如同一团乱麻，浅薄而苍白。而小说叙事的多样化，作家的个性特征，逐渐看不到了。

故事非高于现实生活的表象，叙事非超越语言本身的内涵，就不能称为文学艺术了。《月色撩人》这部小说，给读者带来了对生活的思索。

呼玛丽与提提，是两代人，她们从各自的青春出发，从春情萌动走向女人的成熟，伴随着不断的开始与结束，在两个不同的社会背景下，女人却似乎只有一条路。提提漂在生活的表层，却好像陷在生活的旋涡里，享受着青春的美丽与活跃；呼玛丽沉在生活的旋涡中，却又在生活的边缘寂寞着，以冷静的心理怨愤，释放对青春的妒忌与嘲弄。其实，两个女人的命运，是一定要走上殊途同归的结局。小说的末尾已经非常清晰地表达了这层意思，王安忆的叙事，理智而慎重。

重要的是，作品提出了一个问题：谁把提提从纯洁的少女，推进了生命的虐海，又是谁，把她捞起来，抛进了无休无止无情无义的欲望深渊中。

相对提提和呼玛丽，作品里男人们的生命，似乎更加有滋味。他们靠在艺术沙龙的沙发中，拿着鸡尾酒，喷吐着烟卷的烟雾，海阔天空地议论生活，懂得的和不懂得的，都可以从他们那里有了合理或者说合适的解释，甚至在失意时躺在桌肚下，也仍然可以享受青春肉体的冲撞。

哲学的圈套，不断地把非哲学的人，兜进行为的陷阱中。包括子贡和简迟生也是一样，当生活中更强大的对手出现时，他们一样表现得摇头摆尾的可怜。

这就是小说里描绘的男人，也是生活在现实里的男人，他们虽然凭借占有的经济、权力地位，而穿行在女人的青春之中，却不能凭情欲延续必定得老朽的生命，反而会因浅薄的行为，为自己注释着自己生命本来的下贱。《月色撩人》的深刻就在于此吧。

王安忆的叙事，像一幅工笔画，她沿着一个又一个生命，一个又一个的故事，串起历史，编织生活，把细节一点一点地描摹，勾勒，染色，点睛，然后，这一幅生活的长卷，丰富起来，她笔下的人物也随之立体，活泼了。

王安忆总是以细腻的文字，铺向深邃的生活内幕，譬如提提还是艳官的时候，一天早晨，她推进老师的教室，对着他就是一巴掌，然后扬长而去。这样的情节，就绝不仅仅是故事的铺陈了。这一回，提提是愤怒的，因为她青春的梦，被老师糟蹋了。当提提被潘索移交给子贡时，她说：他以为他是谁？不就是个臭男人，臭死了！这时，提提已经成熟了。但提提无论从精神还是肉体上，也仅仅是惰性的成熟，她仍然不可以摆脱男性强大的摆布，只能在一种清醒或迷蒙间继续着大同小异的漂移，从这儿到那儿地翻覆生活。

女人，即使在后现代的哲学意识里，她们的生存或许可以摆脱男人的性，却无法战胜由经济带来的重压。因此，她们必得在现代和后现代的社会中，继续在悲哀的、冷酷的生存环境中，扮演第二性的角色。

《月色撩人》就是这样把生活火热的表层剥开，展示出深藏在生活里真实的冷漠，男人和女人的交往，塞满了虚情假意的实惠内涵，根本与情和爱无关。他们还会长久地、得意地继续演绎着这样的生活，继续在火热中嘚瑟。

沿着王安忆细腻的叙事，读者不仅仅看到一个故事，看到社会的变化，生活的翻覆，还可以体味小说语言的美妙，在字里行间体会文学对生命的关爱。毫无疑问，《月色撩人》是一部成功的小说。它所隐含的社会学概念，已经超越了文学所要表达的一切。

虚构的力量

——读王昕朋中篇小说:"并非"系列

　　好的小说，是作家对生活有所感悟后的人性审视，虽是虚构的文本，却带有关注现实的力度，这也是文学作品，能否具有阅读价值与存在的关键。

　　王昕朋的中篇小说《并非闹剧》(《特区文学》2011年4期，《北京文学·中篇小说月报》2011年第8期转载)，《并非游戏》(《特区文学》2011年第6期)等系列作品，以平实的视角切入现实，将社会中的存在，坦荡给读者，使我们可以看到生活里的闹剧和游戏。

　　大众的，确切地说是弱势群体的生活，总是动荡不安，任何风吹草动，都有可能摧毁他们的基本生活，颠覆他们的生存依赖。所以说，普通大众生命的存在，需要得到更多的关注。作家对此有没有感悟或察觉，是用自己的笔去写底层民众的生活，还是仅仅写风花雪月、依贪唱腐，是考量作家良心的分水岭。

《并非闹剧》和《并非游戏》都是农村题材，描写了小地方的大故事，涉及了经济改革后干群关系的碰撞，其反映的是生活里曾经发生和正在发生的真实现象。从这两部作品的故事中，可以感觉到来自某些当权者的荒谬和伪笑脸，正在给普通民众的正常生活和财产，带来持久的搅扰和威胁。在目前的文学现状里，这两部小说的叙事，虽非完美到无可挑剔，但它们的文本内涵和所关注的层面，却具有相当重要的文学意义。

《并非闹剧》以一个年轻人的视角，讲了村里曾经发生的故事，其中不乏小村闭塞生活的幽默。几个人物塑造得逼真，在文学作品里，也是具有典型意义的人物。为了安排大领导视察，县里来的四眼书记、刘乡长、村党支部书记张梦富，以及企业家张梦仁和他媳妇及情妇，构架了一场鸡飞狗跳般的闹剧。一方是以四眼书记为代表的县领导，千方百计对上级的阿谀谄媚，另一方是几位乡村干部和村民各怀己欲的敷衍了事，现实生活里某些干部的俗贱与小民的刁钻激烈碰撞，在作家笔下重现。从此，我们可以了解到，作家对生活细致的观察和对农村生活以及人物的熟悉。

后一部《并非游戏》则借助农村经济发展中的社会

转型和企业改制，写出了农村的经济现状。随着经济改革的开始，人民公社消失了，集体土地重新回归到农民个人手里。曾经红火的公有制，崩塌了。在这样的情况下，农民的日子好过起来，有的人靠自己的聪明才智，离开脸朝黄土背朝天的种地生活，创造了自己的事业，譬如民营企业家马奔。但生活如人的命运一样，充满了变数。当马沟村煤矿在村党支部书记马平安带领下，平稳发展，村民生活安稳，相对富足时，上级领导，突然要求他们将村集体企业马沟村煤矿改为股份制的私人企业。祖祖辈辈居住此地，挖煤做工的农民们，突然发现，如果把属于集体的企业，改为股份制，那么，曾经属于他们的一切，他们的山山水水，他们的天和地，都将不再属于他们了。与此同时，县里的领导们，他们的家眷们，以各种手段，来到马沟村，向村党支部书记马平安要干股。普罗大众在一改两改中，将失去财产，变为贫穷；而在改革中掌握了权力的人，靠冠冕堂皇的理由，在一改两改中，巧取豪夺，攫取人民的财产为己有。权力贪腐者对民众财产的盘剥，史无前例！

当读者读着这样的故事时，一定会在自己的记忆里，搜寻到现实里与其一模一样的荒淫无耻的现实。如果说马平安的诈死是为游戏的话，那么故事内涵则揭示了生活的真相。这便是小说，是文学作品的可贵之处。读过两部作品，觉得《并非游戏》较《并非闹剧》，更厚重，更感人。

　　我们目前的许多小说，大多讲述婚里婚外腻腻歪歪的故事，或描写男人女人在灯红酒绿中的迷醉，或赞颂官员的公正无私，表面看题材也多样。可细读，你会发现几乎所有的文本、叙事方式和语言极其相似，八股似的呆板。从作品本身看，感觉似乎一切都平淡和谐，文本中没有关于人性恶的揭示，只有婚姻与性的淫乱；没有写作者对被颠倒了的事实的察觉，只有写作者对另一文本笨拙的却是兴高采烈的摹拟；当然更没有对生命存在的深层开掘，甚至没有对未来理想社会的哲学想象。当下流行的小说文本，绝大部分是鸡零狗碎样的表面故事，人物行为是千篇一律的，作者叙事是重复冗长的，读者感觉是索然无味的，小说的现状基本如此吧。

　　小说叙事语言的精致与否和讲述故事的角度，往往可以让读者获得不一样的阅读感受，好的叙事语言和故事内核，是读者由阅读文本到比照生活的简捷之路。同样的道理，作家要让自己的讲述，达到这样的效果，让作品具有真正的文学价值，其实不易。

　　王昕朋的作品却有自己的特色，有独到的叙事角度，有厚重的生活积累，有对生活理直气壮的关注和介入。王昕朋凭借着他对生活的观察和理解，在刻画人物性格上，把握非常准确，在《并非闹剧》中，他这样写道："张梦富站起来后，看见'四眼书记'的裤子屁股上沾了一根麦秸，就像长了根小尾巴，忍俊不禁笑了一声。刘乡长朝他屁股上踢了一脚。"简洁的叙述，把两位普通乡村干部的形象和行为，描写得活灵活现。

这里虽然也是上下级关系，等级分明，却没有官场的严谨严肃，生活经历的一切，似乎都在诙谐中发生，一切事都可以拿出来笑笑，不管你是谁。在这部作品里，县领导以这样的方式亲临现场，其实仅仅是为接下来的故事，做了喜剧开场的铺垫。真正的闹剧，是为领导视察时要有的看，看到一片富足和谐，还要看不到任何问题发生。可是张梦仁还是借助这次领导视察，听从领导安排，帮助他们制造虚假现场，拿到了乡政府为他开出的假结婚证，让情妇住进家里，还与领导照了合影，上了报纸。

《并非游戏》也一样充满了变数，马沟村党支部书记马平安，为了保住村里的集体财产，抵制在改制中伸手要干股的领导和亲朋好友，演绎了一场活人出殡的游戏。几乎所有人都在这个关键时刻，为捞取财物拼命表演，因为他们掌握的权力，使他们清楚地知道村民的集体财产，甚至个人私产，终归是要在改制中被改没。这就是少数官员们的"觉悟"。

两部小说讲述的故事，充满了荒唐的情节，却绝非作家凭空虚构，而是我们生活里正在发生的真实。正像《红楼梦》里写到的一样：满纸荒唐言，一把辛酸泪。

《并非游戏》结尾写道："十年后的一天，马奔来县城请马平安喝酒，对他说，老书记啊，咱的煤矿又要改制了。市改制办周大保副主任来咱村宣布的，说咱这样年产二十万吨的小煤矿，要让省里的大煤炭公司兼并重组。"这里提到的周大保，正是上次主持马沟村集体企业改制时，向村企业伸手要干股的县长，只是这次他换了个职务而已。那时他是县长，现在是市里的改制办副主任。

这里，我们不得不为小说题目叫好，也不得不为结尾叫好，作品在这里留下了想象空间。现实中正在发生的一切，真的"并非游戏"！

由"落红"带来的思索

——评朱宏梅小说《落红》

短篇小说《落红》（载《山花》2008年第11期）告诉读者，她在那一时刻，在女孩子长大的那一瞬间的心理震惊和意识形态给生命带来的冷酷。主人公瑾瑜的成长经历和她的心理感受，不仅使人的成长饱受扭曲、坎坷之累，也使良心尚在的人，通过作家讲述的故事，在回望历史的真实时，理性地思索我们曾经的愚盲。

毫无疑问，每一个人的童年都该是快乐纯真的，尤其是孩子们的成长过程，它存留在自己的记忆里，总是一种甜美的回想。然而，瑾瑜的成长与小说所述说的事实，却是苦涩与不堪回首的。《落红》直抵读者内心深处的记忆刻痕，试图引起读者共鸣，因为有许多的瑾瑜，也曾度过了这样的童年。可以说，作品达到了叙事目的。

文学之于我们的灵魂，总是在现实和浪漫交错中恍惚，我们的存在也因此像拉洋片一样，生活中没有真正的春夏秋冬，一切恒定的日子，或者说一切生活变化，都是拉洋片者唱出来的，我们，还有小说里的主人公，仅仅是个看客或道具，人的喜怒哀乐，都维系在那无形大手中的细线上，生命充满了闹剧般的悲凄与苍凉而不自知。很多时候，我们不知道怎么做，不知道前面的路是否平坦。因为环境总是被意识形态左右，我们的生活，每时每刻都有可能发生核子一样的裂变，突然地、迅疾地，便在所有的人群里，掀起轩然大波，将生命抛进危险的惊涛骇浪里，去经历毫无价值的、人与人的争斗。盲目、愚昧与武夫式的我们，无不兴高采烈地积极参与其中，几乎，任何一个浊浪，可以在一个晚上荡涤了人世间的善良。像《落红》中瑾瑜所经历的一样，她不知道身边发生了什么事情，钉子甚至以为拥有一个红袖标，便可以平安天下。在瑾瑜幼小的心灵还未弄明白事实的时候，一切都与昨天，与刚才不一样了。曾经温馨软暖和善的苏州性格，在一个晚上突然硬朗起来。于是，瑾瑜看到了这样的场面：

那花瓶仿佛细竹头，挑开了欲望的红盖头。
门口的、客厅里的，所有的人一拥而进，哄抢、吵架甚至厮打起来。混乱中，有人踩了瑾瑜一

脚，瑾瑜痛得汗毛竖了起来，赶紧往楼下逃。怎
么能随便拿人东西呢？这些人真是疯了。

是的，人们疯了！突然疯了。曾经善良、安分守己的
人们，突然间变得贪得无厌起来，人性在瞬间灭失。

《落红》的作者，在一种冷静的回望中，以漫不经意
的述说，把那个曾经红火的时代真相揭开了。使读者通过
瑾瑜的经历，看到了那个温馨的江南水乡，曾经非理性躁
闹的过去，看到了曾经和睦相处，安于贫富现状的邻里，
突然间变成了打家劫舍的群氓。小说在讲述这个被颠覆了
的正常生活时，突显文学的魅力，作品的主题，是深刻
的。也足可通过《落红》的故事，看到作者叙事手段之扎
实，文学感悟的透彻。

《落红》并没有局限在简单的揭示中，而是沿着一个
小女孩去上海找父母的路，让她在回想与瞻望生活中长大
成人，生命经历真的很残酷。本该天真无邪的孩子们，竟
然也随了社会环境的突变，而势利起来，他们在懵懂中，
似乎明白了弱肉强食的实惠，霸道和无赖替代了人性的本
真。于是，孩子们便在动荡中将自己的人性，模仿着大人
们，像他们一样地放弃恪守人性，放纵丑恶之行，而且还
扬扬自得。恶狠狠砸在瑾瑜胳膊上的铁铅笔盒，刘苏狠狠
一掌拍向瑾瑜头顶，看演出时突然伸进瑾瑜裙子里的大
手，拦在门房里的流氓裁缝，红卫兵对奶奶的问讯，邻里

间突然出现的横眉冷目等，来自同学的势利眼，来自成年人的下贱和无耻，使瑾瑜生活在莫名其妙的恐怖里。"瑾瑜说，我要去上海。外婆说，现在兵荒马乱，小姑娘家家的，不能乱跑。啥叫兵荒马乱？革命怎么是兵荒马乱呢？外婆真是老糊涂了"。她幼小的心灵，无法在现实里找到自己的安慰和对现实的合理解释。

但小说并没有局限于这样的情节描写里，而是在这样的背景里向纵深开掘，去冰冷的人间寻找人性温暖的所在。虽然那温暖被深深地埋藏在人群的冷漠现实里，很难找到。

其实，小说中处处充满了温情，譬如钉子妈把卖剩下的冰棒拿给孩子们分吃的细节，瑾瑜在三山岛上拣枣吃时，枣树的主人架起梯子，亲自爬上树去为她打下许多枣的细节，就是人的善良真实再现。小说中的温暖，还来自也曾冷落过瑾瑜的钉子，他陪着她一起背着瑾瑜的奶奶，去上海寻找她的父母，两个孩子走在伸向远方的铁轨上。

骤急的雨点打在铁轨上，碰撞，粉碎。水在流，流啊流，满身满脸。瑾瑜抬了抬眼皮，但睁不开。雨实在太大了。刚才钉子背她，她的前胸贴在钉子的后背上，现在还很疼很疼。她想起贱骨头说的鬼馒头，脸蓦地红了。

　　毫无疑问，瑾瑜在那一刻一定感觉到了生活暖热，一定感知了生命的浪漫。还有萤火虫、马眼枣，还有成群的白蝴蝶和一片片三白草，或许仅仅是想象，或许是对生活的期盼，小说《落红》在现实主义的叙事里，也就有了浪漫主义的情节。

　　文学对生命的关爱，由此可见一斑。

　　《落红》的叙事，没有囿于流行叙事的模式，没有采用腻腻歪歪的过程描写，没有复印式的文字堆积，而是凭借作家对文学的独特理解，对生活的真切感悟，还有自己的叙事经验，将作品提升到形而上的叙事层面，把一个大题材浓缩到小说故事中。比照现实，小说描写的那个荒唐的岁月，尤其是作品的结尾所展示的场面，无不刻骨铭心，实在有必要记忆，有必要通过文学载体，提示我们对生活进行反思，逼迫我们问问为什么。这便是《落红》的可贵之处了。

平淡却厚重的叙事文本

——简谈王保忠小说的叙事

　　读了王保忠的一些小说，感觉他的叙事很厚重，内容也充实。尤其他的短篇小说，无论是题材、叙事、语言，还是人物，都来自民间，都朴实得使读者相信，这才是小说。

　　从保忠作品的题材和内容看，很平淡，基本是大众熟悉的东西。他并不刻意地追求新奇，作品里也看不到主观编造，完全是凭借他扎实的叙事功力，在浓情淡意中，倾注了他对人生命和人性的关注，把一个个故事托得很圆满，所以在读他的小说时，能够感觉兴奋。

　　譬如他的短篇小说《一百零八》，开篇就把一位老人的生存心理展示得入情入理，然后就在老人的生命经历中，在现实生活中，出来进去地讲述。长寿、勤奋的老婆婆似乎就在读者眼前活动着，嘴里念叨着，自说自话。这样的场景，使我想起巴别尔的《熬德萨故事》，想起了赫拉巴尔的小说叙事。这两位作家的小说叙事，从笔端向社会人群固执地覆盖，许多人物，通过作家的描绘而存在。在读王保忠作品时，感觉他的叙事，不急不躁，对人物的行动坐卧，把握准确，从外在的性格，悄悄向人物的内在精神靠拢，与上述两位作家的叙事特征，有着异曲同工之妙。

仅从这一点就可看到王保忠小说作品的文学表现力，他对生活的观察和积累，是细致和厚重的。

小说《一百零八》里提到的梳头匣子、木梳，炕上铺的油布，老人的小脚，村头柔黄的莜麦，还有曾经在五斤娶四太太时的坐席吃饭，她面对陌生人的拘谨，与孙媳妇的潜意识矛盾碰撞，每一点都很生动。这些细节，为读者提供了对生活阅读的情趣，通过作家这样的描写，可以看到人物的存在欲望，她的内心活动，在作家的描写中暴露无遗。围绕老婆婆发生的故事，充满情趣，也揭示了人物心理对现实生活的疑惑与不满。

婆婆不明白那些人为啥要来看她，没一点用的人了，为啥还要来看她呢？婆婆真的不希望有人来了，她早习惯了这院子的安静，闷了，想说话了，就跟鸡们说说。婆婆觉着鸡们听得懂她的话，晓得她的心思呢。

老婆婆的内心就这样被作家揭示出来，她活得安逸无求，活得超脱了现实。小说的描写，许多处很精彩：

这样的秋天，婆婆经历了多少个？婆婆记不起了，只知道每年都会有这样一个时节，到了时节树叶就会黄，风一吹就大把大把地扬下来。院子里的树就显得瘦了，也高了，一抬眼就能看到瓦蓝瓦蓝的天了。这些日子，婆婆的营生就是扫树叶了，扫得很慢很慢，反正她也没什么事。

作家对老婆婆的描绘也很生动：

婆婆就笑了……就慢慢地坐下来，两腿盘着，一只小脚压着另一只小脚。

孙媳妇一撇嘴，是你孙子让我来的，让我给你梳头呢。婆婆说，我自个儿会梳，用不着你。孙媳妇没吭声，进了屋把她的梳头匣子抱出来，又找了个凳子，将她按在了上面。

婆婆逃不脱，任孙媳妇两只绵软的手压住她的发髻，慢慢解开了发络。头发干得像草，似乎是没一点水分了，一碰就发出了响声。

　　婆婆觉着刺眼，像下雨天躲着打闪似的，缩在了一边，手搭在眉骨上，害怕那玩艺不提防又一闪。

　　作家就是这么一点一点地把一位年迈的老人写活了。这篇小说简洁的文字，充满张力的语言，使作品精炼而厚实。小说结局时老婆婆的去世，又使读者感到了一点疼。

　　这样的叙事，大约已经被很多写作者放弃了，好像他们更喜欢细腻细密的文字排列，以为事件的发生、发展过程一定就是细节，于是就细密得把无关人物、无关故事、无关情节的一切事一切物，都用文字排列出来。如此，文本当然会膨胀，但读者看到不是语言充满了张力，而是看到文本充满了水分！

　　而王保忠则从对生活细致的观察里，发现了许多东西，发现了许多人不很注意的东西，并把它们拿来丰富作品的细节，烘托叙事氛围，使小说文本更加饱满。

　　王保忠的其他作品也有这样的描写，《长城别》里说：

　　是丈夫领回的，一男一女，男的四十来岁，细细高高的，头发留得很长，在脑后扎了个小辫子，上身套了件有七八个口袋的马夹，脖子上挂了个照相机，肩上也挎了一个，镜头一摆一摆的。女的二十五六，皮肤白净，身材高挑，细腰丰乳，跟画里下来似的。

两个人物一出现，一个摄影师，一个模特，就被作家几笔勾勒得清清楚楚。又写道：

丈夫说，本来拍了不少，女模特换一件衣服拍一回。后来我同学好像不满意，说效果不好，这样子怎么能获奖呢？就让那个模特把衣服脱了，就那样光着身子拍了半天，两台相机都用上了。

作家在这里没对摄影师拍摄过程进行细致的描绘，没有全程细写模特脱衣服赤身裸体拍照，但仅从这丈夫对妻子说的几句话里，足以想象得到当时拍摄的场面。难道这还不够吗？

《奶香》的开篇写道：

香妹的奶水也真是好，好得简直没得说，产后第二天居然就下了奶。奶子呢，胀得大香瓜似的，几乎都看到表皮下细细的血管了，还疼，忍不住就想挤，拇指和食指撮着奶头那么一挤，奶汁就喷泉似的滋出来了，好像还散着一股香味，满屋子都闻得到了。

只要有结婚生子经历的人，都可以想象得到香妹的乳房好到了什么程度。

《美元》里写艾叶打衬子：

> 她知道打衬子的学问多着呢，有的姑娘还在糨糊里掺些木工用的胶，把衬子打得更结实更耐用一些。艾叶家里没有，她把衬子压在炕布下，过上几天再抽出来，用手指一敲，就会听到啪啪啪的声响。

多么传神的语言，多么简洁的描述，王保忠的叙事，在他的其他作品里也有这样的叙事特征，作品里的人物，个个真实可爱，每一篇小说，都是不错的作品。读者可以从他的叙事，从他简洁的文本里，体味到人的精神存在。

他发表在《时代文学》（2008年第7期）的中篇小说《悬挂》，叙事很流畅，语言运用纯熟，故事严谨，成功地塑造了许同志、赵秀琴、张生、柱子等几个人物。故事用孩子的视角切入，以放电影展开，写出了当时农村文化的单调，也写出了人的性情在那时并不安分。许同志，自以为放电影有功，不吃派饭，在村里为他安排专人做饭时，他又挑人。终于与漂亮的赵秀琴弄出了风流事。具有讽刺意味的是，柱子对妻子赵秀琴的所作所为熟视无睹，没事一样，他的人性悲哀被作家不动声色地写活了。还有那个爱管闲事的张生，他盯梢抓奸，不断地告发，不依不饶，最终被逼疯了。作品对农村景物的把握很准确。

当然了，我并不是要说王保忠的作品已经达到了小说叙事的巅峰，但他的小说文本，是完整的，他的叙事可以说已经具有了精巧的特征。

同时，我也看到了保忠的不足，他的中篇小说，不够精练，没有短篇那么迷人，这一点在他的中篇《北京的金山上》中同样存在。王保忠的小说，在整体结构上，还有推敲提高的余地。

从王保忠的作品看，可以断定他是踏踏实实地走过来的，他追求的是完美的文学叙事，所以，他是一定会写出更好的文学作品的。

《茶香》的现实意义

现实主义的文学作品，怎样表现现实？这不是新的提法，却是个值得关注，也必须关注的问题。现实主义作品，绝不是简单地复写生活里的普遍现象，最重要的是于生活中发现，而且是从普遍现象里发现典型事例，变为作家"原创"的素材依据。丁国祥的中篇小说《茶香》（《青年文学》2009年第6期），正是一部基于对当下普通大众生活的感悟，表现当代生活的作品。小说依托一爿茶山，几个普通茶农，以展示原生态的方式讲述我们的生活。小说没有刻意营造繁复的生活景象，也没有复杂的人物关系，一切都平淡朴实，却也未像一些作品似的一本正经地复印生活过程。《茶香》所讲述的故事，读起来可以觉到人物亲切，感人。

在我们的生活经历中，许多母亲是在家事繁忙的默默无闻中度过，这样的存在，小到几个人的家庭，几乎，所有母亲与社会的牵连，仅通过其他人的活动和视角发生。此前的社会中、历史中是这样，并仍将在以后的时间里继续。作为一位具有传统美德的母亲来说，女人应该享有的一切，大约总是维持在奉献自己生命的无奈和快乐中，她们不分黑天白日地做活，伺候男人、牵挂儿女，守身如珍，当生命逝去时，这个女人的一切便逝去了，什么都不会留在世间。命运如此，存在却各不相同，文学作品，譬如小说，应该怎样记叙母亲的平凡，用温暖的文字，让母亲留在人们心里是十分重要的。丁国祥小说中的主人公国燕和财夫，以及六农等人的生命经历，具有典型的现实意义。

《茶香》讲述了一个关于父母，关于农村生活的故事，平缓的叙事，真实地反映了普通人的生活，作品中洋溢着茶山农人的生活印痕，平淡的生活中充满了人存在的艰难和坎坷。读者在阅读中可接触许多关于种茶、采茶、炒茶和茶叶贸易的知识，譬如茶的生长、茶叶种类、茶叶的选择，怎样炒出的茶叶是为上品等。尤其是在写到财夫炒茶时那充满血丝的手掌时，给人带来深刻的阅读冲击。但在这部中篇小说中，作者内心深处对母亲的感恩和缅怀，才是最重要的，这是对父母生命最真诚的记忆吧。

文学作品，特别是小说，应该是承载人，人性、思维、行为、生命的载体，写作者从心灵感悟，对人的灵、肉探询、塑造。这是小说创作中最重要的一点，它必得想象其他人的生活，在写作构思中，勾画出一个大众可能的存在环境。曾经有人吵嚷文艺为工农兵服务，近来有人提议写底层大众，这些提法的内涵，其实都是在为文学寻找表现形式。但小说究竟怎样才算反映人们的生活，并没有一个特定的范畴和标准。一部文学作品，可以有作家对生活的人文、思辨哲学的思维，也可以仅仅描绘人在生活里的种种酸甜苦辣。反映人现实存在中的所有，是作家创作的基本责任。

《茶香》的作者，正是感悟到这一点，他以平实的叙事，为读者提供了一个写普通人的文本，虽然它并非完美得无可挑剔，其结构和某些段落，仍有精简的可能。这部中篇小说的故事并不复杂，写了一对夫妻，拒绝到城里与已经成家立业的孩子们一起生活，而是相依为伴，辛勤劳作，守定自己的家园。财夫是个普通的茶农，快六十岁了，他的生命简单到日出而作，日落而息，尤其到了春天的时候，他要按照茶叶的生长、采摘规律上山干活儿，不敢耽搁时日，几乎，全部心思都在茶上。财夫说：不是我放不下茶叶，我也想歇过，可是，看着满山的茶叶心里堵啊！这便是财夫们的可爱之处，劳动着，快乐着，一旦离开了劳作，他们便觉得活着失去了意义。妻子国燕漂亮、贤惠，特别能干，是典型的农家女人。国燕的命运也与所有农家女人一样，她的生活，简单到只是生儿育女，严守妇道，与丈夫一起劳作，共同维持他们的家。小说围绕这两位普通人展开，叙写他们生活的经历，细节感人，也不乏幽默和荒诞之处。尤其在小说结尾处，财夫与国燕的生活私密，在俩人相互忏悔中被揭开，就使得他们的生活和生命添加了世俗的、神秘的活力，也是两个生命间无可分割的细腻粘连。生活总是十分有趣的。这一点的可贵处在于，明确地显示出生活里作家在场的现实性，否则，不可能有这么真实的描写。

小说写财夫挑米给儿女们送到城里的家，每次送的却是陈米。儿女们不满意说：这样吃米，永远是陈米，新谷出来就吃新米吧，用陈米去兑榨面。财夫再给儿女们挑米就是新米了，他们自己却仍然吃着陈米。简单的几句话，便显示出两代人不同的生活观念。还有炒年糕，劳作间隙在路边喝泉水，财夫炒茶叶的手，财夫对邻居六农的救助，财夫看儿女打牌等，作家用这样简单的事例，塑造了一位任劳任怨又有几分俏皮的老人，把父母疼爱儿女的心写出来了。

在国燕病中的梦里，她与财夫自白式的对话中，无不隐含着自责与忏悔之情，几乎囊括了一个女人对人生的看法，国人骨子里那种朴素的善良和勤劳，使她的生命，她的爱情，简单到具有普世意义。现实生活中的母亲，哪位不是如此忍辱负重呢？故事里的六农、老黄，个个都有善良之心。这无疑是我们农村的真实写照，人穷却穷得义气，穷得豪爽，不管日子坎坷或顺畅，仍然要过得有滋味。读这样的小说，总会使读者感到亲切。

　　每一位作家，可能都是根据自己的经历和经验写作，这样的创作，或多或少具备私人生活体验，也是作家参与生活的直接方式。但并不是说这样的作品就高度私人化了，实际上，作家需要通过对自己经验的猜度，去勾画别样的生活，渴望于创作里寻找生活中最珍贵的东西，试图干扰真实生活使之理想化，同时使作家自己，从孤独与寂寞的思维中走出来，为生活或者说生命，制造一种合理的表现点。

　　作为描写当代生活的作品，《茶香》带给读者的是真实，是对普通人生命的真切记忆。这部小说的叙事和结构，还有可探讨的地方。但从作品的人物塑造，情节设置等方面看，它的文学品质还是较高的，并没有像某些貌似纯正，实则通俗的作品似的充满闹剧般的荒诞，或者磨磨唧唧絮叨得让读者腻味。它所讲述的故事，是于平凡生活中必须发生的事件，这也是小说的价值所在。

生命中不能忘记的记忆

——《两个人的罗曼史》述评

　　在人的一生里，有许多值得记忆和回忆的往事，生命经历的快乐与痛苦，温馨与冷漠的感觉，将酸甜苦辣植入人们心灵的深处。但只有当个体的思维，在生活中感到了某些不如意的时候，这样的记忆才会有释放的机会。文学作品，恰恰为这样的释放提供了一条渠道，也是在对心灵探索的同时给予人性的深层安慰。

　　《两个人的罗曼史》所讲述的这个并不罗曼蒂克的故事，正是基于社会的和生命的背景，从小说主人公的内心深处蔓延而出。不知道这个故事，是不是作者马驰的亲历。仅由小说中浓厚的生活镜像，就可以看出，那一片一片缀满人生喜怒哀乐的叶脉经络一样的印痕，深深地反映着人的存在中，一种刻骨铭心的生命历程。

文学作品并不排斥偶然，但当把这样的偶然比照于生活的时候，我们一定能发现，它往往十分残忍。发生在日常生活里的偶然事件，可以轻而易举地摧毁人们正在经历的平静或糟糕的现状，且不给当事人一丁点思考的空间。

马驰在他的小说里，以一种冷峻流畅的叙述，不动声色地将两个曾经试图相爱，又因了某些原因而殊途异路的人心撕裂开来。他让这对儿苦人儿，在分离了若干年后，相遇于偶然，又各自讲述着自己曾经梦幻一样的青春遭遇。其语言的简洁，对往事准确的追述，几近黑色幽默。

想想，在人的生命过程中，真的没有什么比目睹自己所爱的女人，幸福地呻吟在别一个男人的冲撞之下更痛苦。然而，马驰却借了"文学作品"这个心灵的通道，"无情"地将这一种痛苦，推向了更深更深的极致！"我跟他也不是一次了，用你——你妈的充狗呵你？！"

听听，多么自由，多么奔放，多么痛快的自白！可这语言的背后，却深藏着一个女人流着鲜血的心的疼痛，当然还有她对幸福生活（也就是知青返城）的渴望。弥漫在现实生活里的无情无义，往往逼着人们不得不融入现实之中。这也恰恰是这篇作品所具有的现实意义之处。

作者在后来的叙述中，让两个主人公相遇时，将这一切归结为人性的无奈，并将这种曾经无法言说的痛苦，以调侃的方式继续下去！这就不得不使人在暗自发笑中，必须思考思考了。一个女人，若是到了无奈地在心里对自己说"玩吧"，且很是潇洒的："跨上车去就跟他走了"的时候，生活就真的变得很简单了！那一个爱着她的男人，也就没有任何必要再做出丝毫痛苦状。一辆飞速奔驰的汽车，在小说里，或许仅仅是个工具，它的任务，是潇洒地画出一条人间最无情的曲线，既了结了这"两个人的罗曼史"，又使它有理由继续浪漫下去。

毫无疑问，这篇作品在故事结构上是成立的，但叙事中还存在着稚嫩的地方，人物内心思维开掘不够深，性格塑造过于恍惚，细节描述也显得单薄。这些都是需要作者继续锤炼的地方，希望，也相信作者在不断的努力中，能够写出更好的文学作品。

于无声处的视点

——读《谁是我的替身》有感

《谁是我的替身》（《啄木鸟》2009年第5期，《北京文学·中篇小说月报》2009年第6期）中，二十八岁的民办教师文菊这样想：结婚的时候，不办喜宴酒席，与先生去趟北京，看看天安门和故宫，看看升旗，再登下长城，婚就算结了。多纯洁多美好的想法，然而，即使这样简单的愿望，她都不能实现了，甚至连结婚登记都不能办理。

为什么？她自己也问。

一个活生生的人，身份突然没有了。负责管理户口、身份证的派出所告诉她，没有她的户口，任何能够证明她存在的文件都没有了。谁都知道，在现今社会，一个人没有户口和身份证可以说是寸步难行。文菊本人，这位土生土长无权无势的普通人，突然变成了一个从天而降的人，一个生活在模糊里的边缘人；而另一个文菊却以文菊的名字、文菊的身份，生活在县城，家庭幸福，为生活的美满舒坦而得意着，并没有觉得依仗权势弄假的肮脏和欺压别人的耻辱。

这是小说吗？这是小说，但绝对不是荒诞的想象，是正在我们身边发生的真实事件，是作家以敏锐的视角，捕捉到的真实生活。作家用平实的叙事，为读者讲述了这个使人辛酸的故事，指出了我们生活里的公平假象，诉说了权力的为所欲为。

无独有偶，正当我们阅读这部《谁是我的替身》的时候，一个真实的事件被揭发出来。2009年4月27日，天涯论坛上刊出一篇名为《高中同班同学冒名顶替上大学，我的伤害谁埋单？》的帖子，《中国青年报》也及时给予报道，5月11日，案情基本清楚了，做假者或被拘留，或被"双规"。据说，被冒名顶替的女学生罗彩霞将被恢复身份。这个事件经过与小说《谁是我的替身》的情节，几乎一样，也许这仅仅是个巧合。然而，小说发现了现实里人的道德、文化、权力的堕落，现实反过来证实了小说里所描写的人的道德、文化、权力真的堕落了。

我相信，作家在构思这部作品时，并不知道以后要发生的事情，同时我还相信，作家一定是发现了生活里正在发生的，某种荒谬的公正与权力的霸道，发现了弱者活着的无助和生之无可奈何。

以文学说，这部中篇小说不能说很完美，可它对人，对生活的关注，它的发现，无不体现了文学于人的温暖。它呼唤了公民的权利坚持，发出了人要活着的呐喊，抨击了当下社会里的不公现象。比之那些描写灯红酒绿、婚外性情、风花雪月、歌舞升平的作品，要深刻，要有价值。

文学被呼唤现实主义很久了，也曾被呼唤关注底层生存，说是这么说了，但真正对人倾注了人性、人权关爱的作品有多少？发现了生活真相的作品有多少？所以，无论如何也应该承认，这部中篇小说的价值是沉重得不容忽视的。

波德里亚在《冷记忆》中说：事实上，自由和奴役都不再具有重要性了，价值的修辞学已经死亡。唯一剩下的只有雷雨，那个用热量的闪电照亮真正云层的雷雨，还剩下安静，真正的安静，雷雨前天空真正的安静。

文学是这样的吗？

个体的寂寞与群体的狂欢

——读小说《对陌生的女人我们能了解多少》

　　与秦客的相识，是在网络上一个叫作博客的地方。由于工作的关系，此前知道他是一个文学杂志的编辑，却没有来往过。互联网络，为我们曾经想象的神秘和古老传说的神话，提供了可能实现的神奇。然而，一个问题出现了。网络在为我们提供联络方便的同时，也为人群的接触，提供了更加宽泛的空间和手段。似乎，它虚拟着改变了真实的一切。从未见过面的陌生人在一瞬间变成朋友、变成熟人，人们的价值取向也在微妙地、急速地变化着。于是，在电脑键盘的掩护下，便有欺诈发生，便有爱情碰撞，便有了全民参与的私人写字，便有了文学的羞涩。真实的更真实，假面的更迷蒙。群体开始了前所未有的狂欢。而惯于独自思索、行走的个体却仍然孤独着，譬如文学的追随者。

全民参与的键盘化写字，并非坏事，我没有异议。任何人都可以利用电脑的便捷，记录自己的生活，这是一项有趣儿的业余活动。可严格地说，它的随意性，它的情绪化，使绝大部分这样的文字，与文学，甚至与文化没有直接的因果关系。仅仅对商业有利用价值。这便导致了群体狂欢下文学写作者的相对孤独。文学的写作，需要作家缜密的独立思考。然而我们看到的现象，是文学或者说小说，越来越多地与群体性写字相似。毫无疑问，这是使文学写作人脸热的事。对于文学，作家们是不是需要甘于寂寞地探索和坚持呢？

秦客的小说《对陌生的女人我们能有多少了解》，便以简单的叙事，流畅的语言，给读者展示了一个简洁的小说文本，他在对陌生探询的同时，以文本的精巧证明了简洁却可以不简单的事实。

一个因情感问题离开居住地，客居他乡的画家，邂逅了恰恰餐厅的女服务员，虽然他并不打算在那里长久居住，虽然她并不漂亮，但情感空虚的他，觉得这个"没有一点显示出高贵或作为女人特有妩媚"的女人，仍然使他产生了兴趣。

目前的文学作品，尤其是小说，已经不怎么好看了，似乎是在蔑视大众的阅读趣味，似乎认准了只有当它被束之高阁时，才会具有文学价值。很多叙事者，为了使自己高深一点，往往沉迷于简单的打字过程，满足于兴高采烈地排列汉字。许多文本里，很少有作者对书写对象存在的、人性的思索和人文关注，甚至满足在伪细节的状态里，嬉笑着堆积数不清的生活琐碎。文本虚胖，很像一湾湖面上面漂浮着的水葫芦，绿茵茵的好看。实际上却使湖泊缺氧，再也无法看到湖水的清净和真实，也使涉水者感觉障碍。小说叙事流行细密细腻，不给读者留思考空间，不在乎语言张力，不把天下发生的所有事情一件接一件地讲清楚，就绝不停下手指，肯定是造成读者阅读疲惫的重要原因之一。

说句实话，在阅读秦客的《对陌生的女人我们能有多少了解》时，我被小说的题目吓了一跳。作品是秦客用电子邮箱发给我的，来信不过五十个字左右，简单的话语中，就夹杂着这篇小说的题目。我的第一个想法是，这是一句话，哪是小说题目啊。我很怕看没有叙事激情，只有排列堆积文字的作品。瞧着附件上的那个暗淡的小别针，许久，我不敢打开它下载文件。因为秦客希望我看了以后，写点感想或者说评论。

真的看了这篇小说后，我没耽误，立刻就写了这篇文字，算是读后感吧，并非敷衍，实在是因这篇作品给我带来了阅读快感。

小说讲述的故事很简单，篇幅也很短，大约五千字左右吧。王小东离开家乡到吴市谋生，或者是为调整情感带来的郁闷。但吴市有事。那家恰恰餐厅里的女人，搅动了他的心。他要干点什么，也许仅仅是好奇。他几次三番去恰恰餐厅里吃饭，也没干什么事，最亲密的接触就是在抢着倒酒时，挨了一下那女人的手，仅此而已。

作品这样展开以后，就有趣起来。这个横断面，切得恰到好处，让我们看到了短篇小说的精彩处。读者通过文本，很容易地看到了王小东的来龙去脉。看到王小东的快乐，根本无法消隐掉他的情感郁闷，那女人牵扯着他的心。"为什么会被这样的一个女人所吸引？他也说不清楚，只知道她流露出那种朴实的气息看起来很自然，像他乡下的母亲。"这样的思乡念母的情节，被作者轻而易举地写出来，也使王小东对那女人的心动，有了实实在在的依托。

作者没有让这个故事按照通常的写法发展下去，也不给它发展的机会，他很干脆地结束了小说。因为当王小东再到恰恰餐厅时，那女人已经不在了。替代他的是一个更年轻的女人，还有那个戴眼镜男人的"目光里流露出一些高傲和自大的满足表情"。

小说表达了什么，我以为并不重要，重要的是它为读者带来的阅读感受。这篇作品留给读者的思索空间很充足，细节也不缺乏，丝毫没有拖泥带水的痕迹。当看到"王小东碰到女人的手……双方很快又缩了回去……女人的脸马上有了点绯红"。读者是不是可以感觉到那女人还很纯洁呢？这样的细节是不是很真实，是不是经常发生在我们的生活中呢？

由于有了许多这样的细节铺陈，小说结尾变得深刻了，也有了纵深感。当然，作品似乎什么都没说，一切都要由读者自己去想象。读者通过阅读，也一定会知道了"对陌生的女人我们能有多少了解"。

恰恰餐厅在王小东的眼里，在他的思维里，重新变得陌生。或许，生活对我们所有的人，也是永远陌生的。

一部贴近现实之作

——读《警察日记》

　　长篇小说往往要纵横历史，以记叙生活之繁复和深厚。而这部长篇小说《警察日记》，似乎与宏大的历史无关，作家只选取了生活里的一部或一页，从平实处展开，讲述了一位普通人的故事，塑造了一位极其普通的警察。人所面对的酸甜苦辣，柴米油盐，他同样要面对，作品充满了读者熟悉的生活细节，是一部贴近现实的小说。

　　当下的社会，经济日益变化，个体的生存状态，像颤抖的杂音音符，多种多样，导致许多人内心惶惑，行为恍惚。警察这个特殊又普通的职业，在这样的社会状况中，显得尤其重要。从政府的角度说，警察是国家机器，在任何情况下，他得执行上级命令；从人的角度说，警察是大众一员，也有普通百姓的情怀；所以警察这个职业到了个体身上，就是个矛盾的角色。

许震的这部《警察日记》，写得平实，没有刻意去塑造完美无缺的高大形象，基于我们目前这种经济变革的社会背景下，他写了一个普通的北京社区片警，记叙了他的点滴生活。这样的警察，在我们身边，几乎每天都能看到。

小说主人公杨春江，从军队的团长，转业到地方，当上了一个普通片警，日子便在他的身上厚重起来，军队那种相对简单的生活，那种严肃和紧张没有了。突然的变化，让他有种失落感，人在新的状态中，也感到不适应，似乎一切都变得繁复了。毫无疑问，离开自己熟悉的领导岗位，成为一个普通警察，他很不适应。没有人再给他立正、敬礼、喊报告，甚至还对他发脾气。他怀念他曾经的做派，甚至在自家客厅里布置一张会议桌，把老婆按在小马扎上，像模像样地敲敲桌子，让她"听会"。用这样的方式，给自己的心境寻找安慰。老婆理解他，给她鼓掌，也为他的反常行为落泪，为他当了片警后的夜不归宿担心。

作品用日记的形式，通过层层描写，用一件件事实，详实地记录了这位警察的工作和生活，塑造了一个已经四十八岁的男人形象。故事情节跌宕起伏，藏情感于细致的描写中，使读者感动，你会感觉到这个"他"，就是你曾经接触过的某一个很普通的警察。这位四十八岁半路改行的警察，时刻努力工作来适应新的环境，试图做出成绩。同时，他也经历无数的家庭工作等问题的搅扰。譬如他上任时被邀请去吃驴肉宴，喝醉酒，被小姐偷吻，然后面对老婆的尴尬等细节，都烘托了这个男人的真实一面，充满生活情趣。作品这样写道：

> 孩子长这么大了，你操过一点心吗？孩子上幼儿园的时候，你没管过，天天喊一、二、三、四搞你的训练，孩子大了，上学了，你官当大了，一天到头都在开会，你开过几次家长会？现在转业，好不容易盼你能回家了，你比在部队的时候回家的次数还少。

很短的一段话，一个普通家庭的生活跃然纸上，同时也烘托出一个警察的工作状况。杨春江和他妻子的生活，与许多家庭的生活一样，充满了七零八碎的矛盾和温馨，俩人的形象，被作家描写得很真实。尤其是写儿子早恋的问题时，杨春江夫妇的心态，孩子的行为，都与现实社会正在发生的情况相符。这些细节的发生，从侧面反映了一个警察的普通生活。

作品还用细腻的事实，围绕杨春江的工作展开，他处理蟑螂事件、精神病人事件、小区停车费事件等，都是现实存在的问题。他在社区楼群里蹲守，抓住了偷自行车的小偷，没想到这小偷不仅家境优越，竟然还是个财务处长，而且与派出所的领导都认识。这个冠冕堂皇的国家干部，不仅道德堕落，还在被抓后试图行贿。面对这样的伪君子，警察杨春江义正词严，没有姑息这个败类，体现了公安干警的精神。之后，这个处长还是因经济问题被法办。一种在社会上蔓延的普遍的、丑陋的社会现象，就是这样被作家不动声色地揭露出来。

小说的价值所在，是写了一个普通的公安干警，作家没有鼓吹他的崇高，而是使他的存在更现实更真实。作家从人性的一面入手，用血肉之躯来丰满杨春江这位普通民警的形象。读者在读作品时，可以感受到来自杨春江身上的平和心态与他对生活的真实的意愿，这就是文学作品的真谛。

文学要有所发现有所记录

——读阿满小说集《双花祭》

　　小说要具备文学品质，首先一点是必须与故事区别开来。讲个故事很容易，任何人都可以讲，就像眼下的网络写作，许多人都可以坐在电脑前，打打字，拼凑出一个故事。但要使小说具备文学品质，则必须使作品有所发现，有所记录，这并不容易。发现什么记录什么？发现生活里所有的不完美，记录现实里所有的不公平。这是作为作家应有的德行。

　　阿满的中篇小说《花蕊》（《北京文学·中篇小说月报》2009年第12期），留给我很深的印象。在这个并不复杂的故事里，作家发现由于资本经济在社会中的膨胀，生活早已改变了模样，变得难以应付，变得似曾相识，被消失的沉疴污浊，没有永远消失，而是重新泛起，越演越烈。医生刘利和患者乔曼的故事轨迹，使读者看到了女人生活里的无奈，看到了当下的资本经济社会对女人生命的戏弄。作家似乎发现了，也许还有更好的方式，让女人生活得随意。从医学的角度，刘利说：这个更可靠，更安全。作家通过作品对生活的提示，由此可见一斑。特别要提出的是在作品结尾处：刘利在为乔曼寄出礼品时，顺便删除了他的号码。她觉得，这是送给自己的礼物。作品没有延续讲述这位独身女人今后的生活，为读者留下了充分的参与空间。读这部作品，感觉作者似乎要以文学的企图，颠覆当代女性的生存现状，大胆提出了：为了身体的欲望和安全，还有一种生活方式，正在以科技的，或者是科学的先进，改变我们的生存现状。也可以说是作家对生活的感知。

这么说，是因为我们的很多小说，往往在纯粹的呼喊声中，苍白无力，变成毫无目的的叙事狂欢。几乎所有的故事，都浮于生活的表层，尤其是在现实主义招牌下的作品，从叙事到故事情节，完全是生活现象的复印。许多小说，酷爱讲述道听途说来的官员们的功绩，描写鸳鸯火锅里翻滚的男女。似乎只有灯红酒绿才是生活。这样的作品，没有发现，不疼不痒，不干预生活，也不创造生活，很少有人物内心的探研，更没有对生活提出疑问。这便导致了小说等同于民间故事，新闻或报告等文章，违背了小说的叙事目的和阅读价值。

阿满的小说叙事，语言简练，很有张力，或许正是具有这样的特征，才能帮助作者更直接地完成她的叙事预谋。她的写作题材多有女性，但绝不是仅仅属于女性写作。从她的中短篇小说集《双花祭》中，可以明显地看到作家对生活的阐述，比之当下流行的小说叙事，有自己独特的感悟。她从女性视角出发，入手，记录着社会中的现实存在。《双花祭》中的敏和慧，隐秘于两人内心中的情感躁动，通过浴室里朦胧的雾气得以沟通，留在身体上的水珠悄悄传递着情感温度。几乎所有的细节，譬如黑夜里隔床相握的手，彼此承诺的独身誓言，慧在后山里用带刺枝条对自己身体的抽打等，都成为这一隐秘的铺陈。女性细腻的天性，尤其是使作家看到了女人生命中被压抑的真谛，毫无疑问，这种压抑，对任何女人来说，都是无法摆脱的魔鬼，面对它只有两个选择，加入或忍耐。

阿满写女人，笔随心动，充分地展示了女人的另一面，因此，她的故事除了文学内涵外，还有很好的可读性。阿满在探索女性内心的同时，对机关中的生活描写也非常准确。尤其是他对某些领导干部们的行为和内心的描述，撕裂了这一群体满嘴仁义道德的假象。《老陈的青花瓷瓶》中的老陈，在离开工作岗位后，终于把瓷瓶换成了一个又一个的女人。《玫瑰黄昏》中人到中年的马书记，在汛期到来时，首先想到的是"那桃花盛开的地方"。这篇作品，充分展示了作家对生活的感悟，她不动声色地将现实里最真实的东西写了出来，让读者去品味。于是，马书记，小红，酒楼女老板，税务干部，开煤矿的张老板，几个人物分别充当着始乱终弃、奸污亲生女儿的官员，无情无义的情人，乱伦的丈夫，荣获三八红旗手，多次修补自己身体、永远是处女的夜总会女老板等人物，他们在小城中，展开了一场当代的、乌烟瘴气的，却无处不在的表演。这几个分别独立的人物，被作家以巧妙的关系紧紧拴在一起，形成了故事的核心。使人思索的是作品的结尾，马书记得知了小红的身世，他被吓出了一身冷汗，然而，风把一天翻过去了，把一年翻过去了，他担心的事没有发生，他被荣升为副市长，且心情很好。这篇小说，虽然并不十分完美，但它所承载的深刻内涵，即使在现代主义的范畴内，也该属上乘之作。

这就是阿满小说的可贵之处，她把人间最丑陋的东西，以文学的方式展示给世人，没有激烈的谴责，没有冠冕堂皇的说教，可当读者读完小说，却发现作家以文学的方式，给予道德和人性以最严峻的鞭挞。当鸡鹅巷灯火通明时，无耻却光荣着的魔鬼，躲在光亮之上最黑暗的地方，得意地微笑着！毫无疑问，小城里的故事，正是当今在有的地方发生的故事，所以，我们可以说，《玫瑰黄昏》就是当下真实的浮世绘。

　　还有《带爱相的女人》《机关花》和《一室两人》
等，作家从多种角度，通过机关里的故事，通过女性的职
业生活，讲述着官场中不为百姓知晓的秘密。文学，或许
就应该具有发现、记录的功效吧。

以文字记录真实的良心价值

——读长篇小说《地震时期的生命与爱》

　　作家蒋林的长篇小说《地震时期的生命与爱》，以文字记录了一场真实的自然灾难。他述说了，生命在自然灾害来临时，我们温暖的家园竟危如累卵，脆弱得不堪一击。记得我们曾经有豪言壮语说：人定胜天！说真格的，话，是怎么说都可以的，但在面对自然的事实中，如何去探索、适应、利用、保护，非常重要。有些事情，譬如暴雪暴雨高寒酷热，譬如水旱灾荒，譬如森林大火、地震泥石流等，绝对不会是说战胜就能战胜得了的。自然界蕴涵着无比强大的能量，神秘而广袤，人类在大自然面前，实在很渺小。由自然产生的骤变灾害，当然会过去，但灾难过后留给人类的，往往是经久不能忘记的恐怖和几乎无法承受的艰难。

蒋林在这部作品中，用平实的叙事，细腻的语言，归整了一场强烈地震中所发生的一个侧面。人的生命，亲情，还有最原始的爱，被作家融入了自己的情感，洋洋十数万言，字字滴血，句句激情，感人之深，非读此书而不能释放心中那曾经的疼痛。根据作家的居住地，可以推测到，他是记录了四川的汶川大地震。那是一场震惊了世界的大地震，今天说来，内心深处仍然后怕，为在那场灾难中逝去的人们而唏嘘不已。后来又发生了玉树大地震，还有大范围干旱，洪水泛滥，泥石流等自然灾害，都威胁着我们的生存。

有位朋友，曾对我说起过他在唐山大地震中的真实经历。那时他还是个五岁的孩子，但由灾难产生的恐惧感，深深印进他的记忆。毫无疑问，他是幸运的。经历了那样一场翻天覆地的大地震，而毫发无损地活着，真的是个奇迹。我们的文学中，已有用文字记录自然灾害的优秀作品，钱刚的报告文学《唐山大地震》，张翎的中篇小说《余震》等，都是用文字，真实地反映了地震这种自然灾害。我想，或许这就是作家为文的道德责任和良心吧。

现代的科学技术，可以使我们坐在家里，通过电视机和网络，目睹关于地震发生后的现场和救灾的努力，所有的画面都触目惊心，都使我们潸然泪下。而适合更长久保存资料和阅读的，恐怕是文字的记录了。

我们的作家，譬如蒋林，就是在生活中，发现了文字的珍贵价值性，发现了文学作品恒久的资料意义，在汶川大地震过去不久，便创作出内容翔实，情节感人的长篇小说《地震时期的生命与爱》。

如书名一样，这本书里，饱含了作者关注生命的真情，对于他所叙述的故事，他所创造的人物，他所关注的生命经历，爱情和亲情感受，也许我们并不陌生。因为我们也刚刚经历了那场地震。但这一点，正是本书的价值所在。

小说，或者说文学作品，能够在人们最熟悉的生活中取材，开掘出重要的主题，是作者对生命和生活的尊重。

作者这样描写地震来临时的情景：

> 房子似乎摇晃得越来越厉害，墙体发出"嘎吱嘎吱"的声音，就像人在伸懒腰活动筋骨一样。与此同时，一大堆啤酒瓶子也在客厅里滚来滚去。有的甚至已经破碎了，玻璃渣子分布在地板上晶莹剔透。我用惊惶的眼神看着那些啤酒瓶子，它们毫无定力地忍受着地震带来的折磨。我双手撑在光滑的地砖上，十个指头狠狠地扣住地面，害怕自己像啤酒瓶子那样在地上来回滚动。紧接着，我又害怕天花板掉下来，把自己砸成玻璃渣子一样的粉末。

通过这简单逼真的描述，地震前的一瞬，被记录下来。无论时间过去多久，看到这样的文字，一定能够记起那恐怖的一刻。

其实，蒋林此时还没有开始他的地震之行，这是他小说的序曲。小说的开篇，从一个陌生的电话开始，将那位在"我"记忆里的女人，拉到我面前。然而，那却不是美好的开始，不是爱情的延续，而是生离死别的来临。许多年了，我记忆里对那女人的爱，使"我"的心疼痛。

突然，地震来了，"我"关注着那些失去亲人的人，他们有着怎样说不出的悲恸？那些埋在废墟里的人，他们的内心有着怎样的心理？我甚至想知道，那些告别尘世的人，在死亡的那一瞬间，他们到底在想什么。我开始思考生命与死亡，开始思考人生的终极意义。

于是，"我"起程，走进了地震灾区的最中心。

可以说，作者的这部小说里，并没有披露什么鲜为人知的内幕，仅仅把地震后的一种真实画面描绘出来。读者在此，仿佛可以看到被压在钢筋水泥下的学生，他们刚还在上课，瞬间便被砸得血肉模糊，酥脆的教学楼建筑坍塌了，孩子们在废墟里互相鼓舞，寻找着生还的希望，黑暗里，传出的孩子们的歌声。孩子们在地震来临时，长大成人：在身处绝境之时，十六岁的章阳想到了妈妈。这个幼年丧父的小伙子，无法轻易离开与自己相依为命的母亲。自从父亲撒手人寰之后，他就发誓要好好照顾妈妈。然而，一切都将成为记忆。

人生在世，谁能承受亲朋好友在身边一个个离去，那该是种怎样的撕心裂肺的无奈和绝望啊！

许多这样的故事，编织了一曲生命存在之歌。在巨大的灾难中，在死亡的威胁，黑暗的恐怖中，人，是坚强的。这便是小说带给我们最重要的信息。

这部小说，在记录灾难的同时，还提出了一个非常实际的问题，现代人的情感在面对世俗亲情时，是怎样的碰撞。譬如：叶星与李云飞的婚外恋情，李云飞那种对亲人爱的执着与对婚外女人的冷漠；李云飞与女儿的亲情，爱的深厚；李云飞在废墟前，对自己在建筑楼房时偷工减料造成的灾难的忏悔，然而，他仅仅是在自己的母亲和妻子遭难时，才有了这样的道德醒悟。这不能不使人猜想，这些缺少道德概念的建筑商，他们的生命中，除了金钱，还有没有人的良心；还有那位背着妻子尸体，一路给妻子讲故事回家的老人刘德贵，那个固守在自己家园旁边，守候已经死去的爸爸妈妈的小女孩英英；几乎，所有的情节，都很感人，催人泪下。当刘德贵在废墟边发现了小英英时，他知道，自己今后必须得与她相依为命了。虽然他不知道今后的生活会怎样。这对年龄相差五十多岁的人，从地震的废墟中走出来，开始了他们的新生活。

这部小说结构丰满。譬如作者在全书的结尾部分，写下了"人类面对灾难的勇气和智慧"一章，这一章节，看起来与小说本身无关，但却是对自然灾害的总结性展示，以提示我们对自然的保护和尊重，积极乐观地去生活。

正如作者所说：灾难作为一种深重的苦难，不仅在于它那一瞬间的摧毁之力，更在于它以灾难记忆的方式留存心灵，使苦难更长时间地延续。

是的，爱能融化灾难与痛苦，希望能酝酿力量与新生。经过灾难的洗礼之后，生命将会变得更加坚强！

相遇在秋季及其他

——读于金兰散文

　　当经济喧嚣着冷淡了人们的阅读情趣时，文学似乎被拖入了低迷或尴尬的境况中，商业传媒的奸猾和挑剔，又造成了文学的被边缘化。但写作人并没有因此停下自己的笔，更多的，有文学价值的作品，其实正在不断地被创作出来。因为有更多的作家，面对人性，人生，有话要说，这种具有独立倾诉的冲动，就是作家对文学，对社会的责任。散文比之小说，纪实、报告文学，或许正在承载着记录心灵善恶，弘扬人性的重担。

　　这是我读了于金兰散文后的第一个想法。小说的虚构性，往往更软弱更活泛，也更易于屈膝拜金。散文绝不，因为具有文学品质的散文，真实清醇，来自写作者的心灵，是作家魂魄的再生。其价值绝非一般。

于金兰说：我最初的文学启蒙，是老人们讲述的故事。那里面有许多许多扬善抑恶的好人和神仙。我常常听得全神贯注，忘掉饥饿和寒冷。

我相信，这是来自作家心底的真情流露，也是她成为作家后，文学创作的最根本的基础。

人们都知道一个故事：一位老人去世前对自己的儿子们说，我把留给你们的珍宝埋藏在葡萄园里。老人去世了。孩子们到葡萄园里掘地翻找。然而，什么都没有。到了秋天，葡萄园获得了大丰收。面对丰硕的果实，孩子们终于明白了父亲留给他们的是什么样的财富。

于金兰的散文集《女人有泪》，最感动人的作品是《示儿话人生》。作家以母亲的身份，用最淳朴的语言，告诫自己的孩子们，要珍惜时间，珍爱生命，珍重人性。她写道：

> 长久的清贫生活使我不知道物质享受是什么滋味，唯一可以给你们的是一屋子书和我对人生的认识。这两者又基本是精神的财富。也许有些人很看不起这些，但在我却认为这是最重要的遗产。

作为母亲，于金兰把自己对孩子们的爱，自己的人生阅历，用文字，以文学的样式，全部倾诉出来。无论是谁，用心读一读这样的文章，都会被作家的真情感动。所有的文字都充满了母爱，无私而崇高。

想一想，书是什么？书是堆积着的知识，书是前人经验的积成，书是可以随手翻阅的智慧。古人说：我儿强似我，要钱干什么？我儿不如我，要钱干什么？于金兰把书当作最珍贵的遗产留给儿子，是悟出了人生的真谛，是鞭策孩子们自强自立，足见爱子之心深刻。

在这篇散文里，作家把社会、家庭、父母、兄弟、人生等人必须的经历，应该怎样去做人，还有她自己的经验，都留给了孩子们，让他们在前行的路上有所警示，让他们知道，人生绝非坦途，要努力去做孝顺、善良的人。

读着这样的文字，心里会有种暖暖的感觉。这是作家的成功，是作家对人生的哲学感悟。

作家要有一颗善良怜悯的心，必须具备洞彻人生的目光，在那里，所有的事物都是混沌的，所有问题应在作家心中，在作家笔下泾渭分明。

于金兰的散文，寓感恩之情于美的文字中。她记忆父亲，记忆母亲，记忆所有的亲朋好友，感念大家在此生中的相互支撑，相扶相携。她在《父亲·苇塘·我》中说：

我记忆中的父亲，总是和苇塘在一起。他终年住在苇塘的窝棚里，路途遥远，很少回家。小北风凄然如诉，吹皱沟沟秋水，扬起层层苇花。

苇花如雪，落在他的衣服上，帽上，粘在他凝泪
的脸上。

　　作家把父女亲情娓娓道来，一位在苦涩生活里任劳
任怨的老人，一位纯真的少女，跃然纸上。我们看到，记
忆的真实，在空寂的芦苇荡里，父女亲情如此使人牵肠挂
肚。还有《秋风·秋月·母亲》里记忆的母亲，读后使人
热泪盈眶。放下书本时，母亲弓背负薪的身躯，大滴大滴
的汗珠，半步一呻吟的呼吸，沾满草花的头发，跪在地上
编织苇席的身形，固执地留在读者的眼前。在那困苦的岁
月，母亲含辛茹苦地挣扎在生活里，为的是让我们长大。
过去了，虽然这样的生活过去了，但在作者和读者的深层
记忆里，是应该记住这些艰难日子的，应该记住母亲的生
命的付出。因为在这样的日子中，充满了人的真情。这便
是作家于金兰文字的价值所在，也是散文的魅力所在。她
的记忆，无论在今天，还是在未来，都是极其珍贵的。
　　在目前的经济环境里，我们的文学，我们的写作，正
在，或许已经变得不可救药，人的精神正在分崩离析，纯
文学、批评、教育等变得绵软而毫无生气，尤其是文学，
已经失去了原创的魅力，失去了想象的魅力，失去了关注
大众存在的特征。一切流行的故事，都离生活，离生命，
离人性越来越远，只炫耀着社会表象的肤浅的贱乐。正在
流行的文字，因缺少对人情感的关注，缺少对人性的深层

探研，缺少写作者倾诉真情的热情，而变得纸一样扁平、冷漠和毫无价值。

可喜的是，散文这个文学样式，还在默默地固守着文学本真，记录着人的生命遭遇，无论是成功的，还是挫折的，散文作家们，以自己对生活的感悟，默默地用自己的笔，向着写作的深度和广度坚持迈进，绝不妥协于出版商的诱惑。因此，我们能够看到许许多多感人的散文作品。

譬如于金兰的散文《相遇在秋季》，这篇作品的文字，足以使我们在读后，对作家肃然起敬。她在开篇说：

> 秋天对于我永远是沉甸甸的，也永远是空落落的。那份排不开，剪不断的思念久蓄心底，像一部无字的书，读而不解，不读不成。

什么故事能如此牵动着作家的心？让她在几十年后仍然无法淡漠了那个记忆。是善良，是人性，更是作家的责任。她所记忆的故事，虽遥远，却真实，是我们所有人的曾经。然而对于这样的历史真实，在当时，大多数人随波逐流，少有人逆水行舟；在现在，大多数人选择了集体遗忘，少有人道出真相。

于金兰的笔，却记录了那个荒谬岁月的历史真相。毫无疑问，这是散文的高贵，也是作家的高贵。没有风花雪月，没有灯红酒绿，那种潜行于陌生人之间生离死别的惦念，却情牵人的肺腑，感人泪下。

> ……他从容地站起来，环顾会场上下，用洪亮铿锵的嗓音，直言不讳地阐述为什么继续批右是不行的，要尽快让学生们回到课堂上，教师站在讲台上，否则将教衰，国败。

还有：

> 他那回首一瞬的目光似乎处处与我的目光相遇，那手铐，脚镣晃动在我的心灵里，耳畔萦绕着他在酷刑下的申辩和呐喊。我的心在淌血，我的视野里全是血，想到他在生命终结时的目光——是火与血的凝结。黄沙变成血海，败柳变成火树，车内充满了血腥，我的思绪划着深深的血迹留在旷野中……

读着这样铿锵有力的文字，我最想说的一句话就是，谢谢！因为作家的记忆，善良，文字，泪湿了我的眼睛。

夜读

读中篇小说之感

从《北京文学·中篇小说月报》创刊起，因为工作，我阅读了大量的中篇小说。仅从读到的这部分作品来看，我的感觉是读得很辛苦，有时候是十分辛苦。说实话，有不少好作品，也有许多作品不能使人感觉兴奋和满意。

目前的小说，有一部分作品在其文学的基本概念上，似乎很完美，写作者们也自我感觉良好。有些作品写得很细腻，结构、语言也不错。但究其内容所承载的内涵，却不能使人满意，因为这些作品引不起读者的深思，导致的直接结果是读后无记忆。这也是当前评论界、读者对文学现状提出质疑的原因之一吧。

回到文学话题看当前的文学作品，可以得出这样的结论：大部分小说基本上平淡，有些作品甚至媚俗。这里的媚俗，是指小说叙事和文本结构方面的无个性。

假如我们以郁达夫的小说《迷羊》来比曾经火爆的这个，那个"宝贝儿"，就会发现他们的不同处在于其文学价值的恒久性，而不是商业的性展示价值。有时候，出版商为了谋取利润，需要刺激的低俗的文本，他们用金钱诱惑写作者，来满足自己的欲望，使这部分作者成为他们泄欲的工具。可以想象，随着时间的推移，又出现了更大胆、更年轻的"宝贝儿"的时候，这些"宝贝儿"就会变得嘣子儿不值，绝不会比《少女的心》更具有感官刺激的阅读价值和售买积极性，假如《少女的心》能够出版的话。而郁达夫的《迷羊》则会以其自身对社会的介入，对邪恶的抨击，对普通妇女命运的关注而继续被文学所承认。

感觉现在的小说对作品语言、文本结构、叙事技巧等文学的艺术性关注减少了，表层叙事很流行，很多作家满足于讲个肤浅的故事给你听。而对生活现实、人群生态、个体命运以及人文精神等关注的欠缺，对底层处境的疑问，揭示大众生存现状成因的作品就更少，这是写作者对社会现实的忽略，是作家视角的偏差，是文学作品文学性去势的重要原因，是作家或者说知识分子责任的偏移。出自于书斋的、纯粹自我编造性的、准纪实性的、新闻报道改写性的小说文本，无法与社会现实对话，没有厚重的深层内涵，读起来感觉陌生，造成了读者对小说的麻木和腻味的感觉。

比照20世纪80年代的文学作品，我们会发现，随着社会经济的变化，写作者的文学感觉变得迟钝而随意，往往滞后于社会现状，独立于生活之外，唯一与生活同步的，大约就是喜爱讲述与新闻报道事件相似的故事。我猜，这与作家们的生活现状有着直接的联系，与社会接触少了，生活简单，阅历浅薄，毕竟只能落得借助新闻报道搜寻事件或故事，来支撑自己的想象。

现在的一些作品，给人的感觉是在直接复述生活的表面现象，通过多媒体进入作家视野的画面，社会上流行的画面，就是小说叙事的主题和主体。可是具体到文本上看，有些作品仅仅是文字的罗列堆积，根本没有一点文学内涵。在这些作品里，寻找不到写作者对于"底层""中层"或"高层"存在的思维焦虑痕迹，以及他们的失意和得意。人的、心理的和人性的探索几乎没有。这些作品里，几乎没有一个人物可以独立于文本之外，存在读者心里。有些作家们的大脑，似乎变成了电脑，运转速度绝对奔腾，拷贝影像，转换文字的功能奇快。可是恰恰缺少了对叙述对象的深度审视、分析和文学层面的再创造，缺少了人脑对生存过程中人性的倾诉欲望，叙事主体简单，导致文本趋于平淡化，现象化，缺少了对生命、生活真实内核儿开掘的神韵。

我们看到的一些中篇小说，常常充满了叙事者的叙事兴奋，面面俱到的讲述，密密麻麻的文字，缓慢的故事进度，甚至在叙述中，将一片树叶落地的经过全部写出来，它怎样在空中对抗地球的引力，随风扭动了几下，翻转了几次，最后，是叶柄或是叶尖先接触地面的，在地面上砸出了怎样的一个小洞，或者地面上没有显示出被它砸出的任何痕迹，扬起了几厘米的尘土，都要一点点地写清楚。最后还要写写它的颜色在飘落的时候是什么状态，它是怎么由绿变黄的，经过了几个季节，几场风雨和冰雹，有没有虫子在它上面蛀洞，是什么种类的虫子，几只虫子，蛀蚀了几个洞，那洞的边缘呈现什么样的形状，等等。但读得多了，就会发现，在这样的文字里，得不到阅读兴奋的享受。因为这个树叶飘落的过程，与作者讲述的人物遭遇和故事情节，没有必要的关联。这片树叶的直接落地和在空中翻斤斗，与打工仔、农民工讨不到薪水，与国企职工下岗，与爬行在煤窑里的矿工们，与贪婪腐败的官员们，与残忍的房地产商人们，与无奈而卖身的小姐们，与彷徨的失业者们，与孩子们逐渐扭曲的心灵，与自愿被包养的大学生们，甚至与任何一个普通人的普通生活过程，没有任何因果关系。

这些作品给读者的印象是，好像把小说情节写得越腻味，越迷离，就越能体现创作技巧，把故事写得越简单，越冗长，就越能说明作者的叙事手段成熟，把人物行为写得越放荡，越怪异，就越能证明写作者融入了生活。其实，在这种叙事层面上的小说，恰恰忽略了文本的文化意义和文学意义，也减低了它的阅读价值，因为这样的小说，除作品名称、著作者不同外，内容往往会大同小异，失去了作品的文学个性。

具体到文本上，从我们选发过的作品看，有很多不错的中篇小说，譬如：李肇政是个特例，他的《永远不说再见》《姐妹》《傻女香香》等作品，为读者提供了，对当代一种死灰复燃的生活的审视，面对他描绘的那样的人群，那样的生活，是感官刺激还是心理刺痛，结论是显而易见的。遗憾的是这位作家英年早逝，使我们没能看到他更多的作品。

前些年值得提起的好作品中，还有刘庆邦的《到城里去》《哑炮》、杨争光的《符驮村故事》、鲁敏的《镜中姐妹》、葛水平的《甩鞭》、秦岭的《绣花鞋垫》；有劳马的《抹布》、曹征路的《那儿》、罗伟章的《我们的成长》；有王瑞芸的《姑父》、熊正良的《姐夫》、蒋韵的《心爱的树》、迟子建的《世界上所有的夜晚》、钟晶晶的《我的左手》、何存中的《洪荒时代》；严歌苓的《金陵十三钗》、王松的《福升堂》、须一瓜的《回忆一个陌生的城市》、陈源斌的《拷打春天》、梁志玲的《突然四十》、姚鄂梅的《妇女节的秘密》、孙春平的《预报今年是暖冬》；张学东的《坚硬的夏麦》、张翎的《余震》、薛舒的《鞭》、叶广芩的《三击掌》、袁劲梅的《九九归原》、王手的《本命年短信》、阿真的《小八村的秘密》、徐则臣的《跑步穿过中关村》、胡学文的《命案高悬》等作品，都能给读者留下深刻印象。

现在的文学作品，对社会上正在发生的重大问题或者说大众的真实生活现状，几乎没有介入，或者说没有察觉。也许正是这种看似无碍宏大叙事的细微偏差，使当代文学作品遭遇了逐渐的边缘化和被边缘化。这种被边缘化事实的产生，与广大读者对文学的情感投入的降低，没有任何直接的责任。你不关注我的存在，不关注我的酸甜苦辣喜怒哀乐，我凭什么还要爱你？我能在你的故事里读到什么？难道仅仅是看一看酒吧里放荡的大腿、蒸一锅馒头的细致经过？如果仅仅是表层的描写，那么，真不如去看电视画面，那要直接得多，也省劲得多，有声音有色彩，有质感得多。文学作品，没有关于人的，人性存在的探索，文本似乎仅仅是一堆文字而已。这是不是文学工作者应该思考的问题呢？我以为是。

我们看到的中篇小说，很多作品或多或少地应和着流俗，写的是歌舞厅里的消费；写的是城市人、乡村人的外遇，甚至连早饭、中饭都没吃，晚饭也仍然没有着落的人，也会端着"人头马"酒在外遇；写任何一个故事的具体过程，也一定要有女人挺着的胸脯，摇晃摇晃修长的大腿，不管这些与主题有否联系。这样，读者在作品里看到的就都是作家浓缩了的，集中提取的社会渣滓们的犯罪罪行，而看不到人性中真正的善与恶。有的作者为了自己的小说好看，还要绕着圈在文本里加进一点黄段子，好像这样就是贴近了生活。可是没有黄段子的叙事语言就不生动了吗？许多阅读正是在有黄段子的地方卡壳，因为它与故事情节和人物性格无关。私密性语言与具有文学性的叙述、叙事和文本是有本质的区别的。

上海有个作家薛舒，她写了篇小说《鞭》，整个故事很简单，写一个已经中年的男人，养了头种猪，以给别人家的母猪配种为生，他没接触过女人，更没有性的接触。在他赶着公猪，去为需要的母猪配种的过程里，他的人性因此萌动，但却被自己狠狠地压抑着，他没有机会。他就是这样活着。当他爆发的时候，瞧瞧他的行为吧，瞧瞧他的心理吧，充满了人性的躁闹。却没有任何犯罪的行为。这是什么？这是人性的展示，更是人性的无奈。当然也是文学的魅力。

我在读这篇小说的时候，惊诧于作家的描写，整篇文字干净利索，简洁却充满细节，她的叙事，文本结构，对人物的心理把握，行为处理，恰到好处。

袁劲梅的《九九归原》，直逼我们人性的痼疾。杨争光的《符驮村故事》就不仅仅是叙事语言和情节了，他给我们带来的思索超出幽默本身。

可惜的是，目前这样的小说不多。期望能有更多的作家，写出更多的好作品。

最近读稿有点累

　　当前的文学创作，尤其是小说叙事，存在着缺少想象，缺少创意的问题。我只从文学编辑的角度，谈一点对当前小说叙事的看法，算是管中窥豹吧。

　　作为一个编辑，不能说读稿累，因为读稿就是工作。但说实话，最近读稿真的有点累的感觉。小说单一的叙事，相似的内容，是产生视觉和思维障碍的重要原因。对于文学作品的艺术性，人们说得最多的往往是创作激情和思维艺术的融入。但是现在更多小说，似乎是在强调故事性或者说表现方法，作者的创作激情和艺术融入，反而不怎么被提及了。我们知道，就一部小说的存在价值说，使它可以流传长久的因素，不是因为它反映了社会的什么现状，而是它的艺术价值所在。

　　不知道从什么时候开始的，我们的文学对于艺术性的追求，似乎不再在乎，两个概念间有了缝隙，而且正在继续扩大。是什么原因造成了这样的现象，使文学创作成为复制生活现实为文字，逼真地复写现实生活的，我没有细致地探讨和研究过，也无法知道这样的叙事，是怎么流行开来的。这是个大问题。但是我肯定地说，这种现象，具有这种叙事特征的小说，给读者带来了阅读疲惫感。

可以想象，十年后，或者再短一点，五年后，我们今天的哪部小说还能被读者记住？就小说文本叙事的单一状况，批评界的关注，显然是不够的。文艺批评和理论，并没有能够及时地介入创作现状中，为单一的叙事状况，制造积极的干扰或从理论上给予引导。

我在写作时，总有一种疑惑，为找不到一种简洁却充满语言张力的叙事方式；编刊的时候也困惑，因为读不到使自己感觉兴奋的文本。这很像我们的睡眠，在睡之前，总想做个好梦，但真的睡着了，却无梦可做。或者即使做了个梦，这个梦在醒来以后也没有记忆。根据精神心理学说，正常的梦，在醒来后是没有记忆的，没有记忆的梦才能证明我们身体和神经正常。可是，几乎没有人不希望能够记住这个梦，无论它是美梦还是噩梦，因为梦境可以给我们带来想象的安慰、快乐或恐惧与烦恼。其实，这正是读者对文学作品的期盼。遗憾的是，我们的小说作品，偏离了对艺术的追求，过于写实，已经彻底失去了梦的品质。其实，文学作品曾经具有这种特征，它曾经带给群体或个体美梦和噩梦。无论是好梦噩梦，都是创作者与读者在交流对于生命存在的探索。

纳博科夫说过：我的作品里，不含有对社会的评价，不公然提出什么思想含义。它不提升人的精神品质，也不给人类指出一条正当的出路。但是我们在读他的小说时，总会感觉他作品里的人物所经历的一切，都是人们熟悉，并乐于关注的生活。普通的、崇高的、丑陋的事情，都随着人物的活动在发生，其实，他无时无刻不是在关注着人的和人性的存在。纳博科夫作品的细节，也不是在絮叨地把一片树叶翻来覆去地讲五遍，且这片树叶的翻覆，与作品主题没有任何牵连，与之前和之后的情节也绝对没有任何牵连。而我们的许多作品，也许仅仅是为了增加字数，追求篇幅的长度，或者是把写这个当成了细节，已经泛滥得得意扬扬。这种絮絮叨叨的文本读起来，无味到极点，基本与现代经济时期生活的快节奏脱节，也使读者腻味到极点。

目前的许多文本，给人的感觉仅仅是一般层次的阅读品，都是生活里常见的事，张三的，李四的，男人和女人的，女人和男人的，官员的功绩和婚外的漂亮女人，官员的罪恶和风骚的女人，还有咖啡、美酒、高跟鞋等。读得多了，竟感觉这样的东西也是种毒品，像海洛因、吗啡什么的一样的名牌，却没有海洛因、吗啡等物品的内涵和质量。因为这种东西，仅有毒品的名称，没有毒品的内涵。

他不能使使用者兴奋，而是使其精神萎靡，越读越困。当然了，读者在这样的时候，完全可以放手不再继续，以免受阅读之累，踏踏实实地去睡乡里寻找自己的梦。可是，文学刊物的编辑不行，我们必须冒着被"毒"死的危险，继续读下去，直到把故事看完。

这仅仅是个譬喻。我们编辑不能任其毒死，我们要进行生理和心理自我调节，以保持身心正常。还要想办法，把刊物办得更好一点。

我常常想起法国作家让·科克托的文学观点，他说：写作是一种性行为。否则，只能叫写字。这个说法，与前些年流行起来的"码字"说，有相似之处。我们的文学，或者说我们的小说，大约就是从有了"码字"说，才慢慢地与艺术有了缝隙，文学作品不再需要结构的、叙事的、语言的艺术了，只管噼里啪啦地写下去，电脑对汉字的单键输入，在体现了现代科技魅力的同时，为作文的修改方便，为高产出的写作，提供了非常大的方便。当作家把写作变成写字时，文学作品，或者说小说的艺术内涵，已经悄然消失。

让·科克托把写作比为性行为，我以为是很准确的。只有性，没有行为，就不会有快感产生，更不会有激情延续。回到小说，当然也就没有文本与艺术性的完美结合。小说的叙事，必得充满激情，每一部分都需要燃烧着，达到这样的境界，小说才会具有阅读价值，才有可能流传久远。

为了给小说找到更好的阅读点，文学界做过许多努力，也曾探讨过"底层写作"。我们《北京文学·中篇小说月报》还专门召开过有关"底层文学"的讨论会，为此推波助澜。但什么是底层写作，现在回头来想，这个概念不是很清楚。如果说是呼吁文学作品去表现底层人群的生存痛苦的话，就显得狭隘了许多。对于底层民众的生存关注，是政府的责任，文学是无能为力的。如果说是要借文学作品，对底层人群的精神进行呵护，恐怕是高估了小说的力量，或是高估了底层人群的阅读素质。许多人沉迷于电视机前，盲目追求某国粗糙的爱情剧就是最好的比照。所以，无论人群里哪个层次，都应该在文学的关注之内。一种社会的构架，任何社会制度的构架都一样，复杂又清晰。一部高级轿车，可能就是碾压着无数个普通人的胸脯飞驰；一杯鸡尾酒或许就是大众的血汗；白领女人们穿在脚上那纤细硬朗的高跟鞋的高跟儿，或许就是一个又一个农民工的脊梁。所以，作家的笔，一定要书写人群中所有的故事。人性的多样化和人存在的复杂性，一定会使文本产生更多的表现形式。多种多样的故事和叙事方式，毕竟会给读者带来阅读快感，否则，就没有任何阅读价值。文学的深层探讨，或许对此会有更好的表现空间。

遗憾的是，我们的小说叙事，流于表面，几乎没有关于心灵的描写，没有关于精神的探讨，大都是在书写生活表层的现象。这样的故事太多太多，每一天都在每一个角落发生，因此，我们这样的小说也太多太多。这就是让读者失望的原因，因为一个发生于生活表面的故事，与读者自己的经历相似，与他看到的现实生活相似，他在文学作品里看不到新东西，看不到可借鉴可比照的生活经验，更看不到千差万别的诡诈。他想流泪，却读不到痛苦，他要快乐，却找不到可笑的情节。如此，小说的文字若是再不优美，叙事没有特色，那么，这个小说是不是还能读？读者还有没有兴趣去读？如果还要读，这个人一定是文学刊物的编辑，或者是文学的批评家。

我感觉，文学的批评，艺术的批评，再多一点，再辛辣一点才好，直接介入创作中，当是文学与艺术发展的幸事。

随笔偶然之想

    小说家在孤独中行走，去现实里探索，试图找到一种适合当下的经验。但毫无疑问的是，他们已经无法找到一丁点这种经验。

    乘地下铁路出去办事，突然感觉到，这高速奔驰的列车，正在孔洞中穿越现实。明亮的车厢，照亮了周围的黑暗，轰鸣着急速向前。它驶过后，黑暗重新淹没了一切。这个过程，像文学作品一样：一部小说所提供的情节，也会像这奔走的车厢似的，明亮而高速地照亮周围的一切后，又抛弃了它们，使读者重新期盼着明亮的出现。

    用文学经验去"犁"清现实，很不容易，因为文学的犁头软弱，需要耕作的土地却坚硬。假如这部作品充满了现实主义的经验，带着严肃和公正，那么，它对于杂乱无章的生活，也仅仅是一支摇曳着的烛光，微弱而渺小，不能使周围光明起来。但是，如果用它去比量现实，虽然它的尺度有限，却可以，也应该能衡量出现实中的一段距离。无刻度，不能发光的文学作品，严格地说，不能算在文学的范畴。

人们的肉身在日常生活中喧嚣着，忙碌着，灵魂却日趋疲倦，萎缩。

实际上，越来越多的小说，正在远离纯粹文学的概念，远离史诗般的品质，对情欲的追捧，对物质的欲求，对名利的看重，对权力的膜拜，对职称（职位）的争斗，使文学堕落为某些人手里把玩的东西，变得与大众没有关系了。

我认为，作家应该是个织布的梭子，往来于生活的经纬之间，一丝不苟地运行。然而，同样是梭子，编织出的成品却有粗布与绸缎之别。材质的取用，匠人的手艺，轨迹的疏密，是结果的必然条件。

读者有两种，一种是读文本，一种是读故事。

读小说的人，总有种期盼或误读。每位读者都希望在小说里读到理想的世界。这就是对小说的期盼或误读。因为现实里的理想社会，或许根本不存在，它只存在于幻想中。小说所记述的故事本身，就是作者在幻想中对现实的解读或误读。

文学是什么？文学就是一根绳索。

卑劣者用它来攀爬，谄媚附势，以舌舐痔。《庄子·列御寇》："秦王有病召医，破痈溃痤者得车一乘，舐痔者得车五乘。所治愈下，得车愈多。"

嬉皮者用它来游戏，勾搭异性，以舒己欲。《红楼梦》中有语曰："你见我和谁玩过！有和你素日嬉皮笑脸的那些姑娘们，你该问他们去！"

霸道者用它来做鞭，驱使民众，束缚德行。以达到"束缚我足，闭我囊中"之目的。

唯有真工匠，用它来做筏，以引领盲目，发掘善良，揭露丑陋，鞭挞邪恶。

人们在经历生命时，也在经历小说。每个人都如是。

也许你并不读书，不知道任何一部小说。可你一定在小说中，这一部或那一部。小说必如此，才能称为小说。

真正的学校里，应该只有一个学生。那就是"我"。具有独特个性的学生——"我"。讲台上站立的教师，不应该只有一位，他或她，需要是许多教师的集成，且不必只发一个声音。

生命在三维空间中的迷幻

　　有时候，时间过去了，现实却依然如故。改变了的，只是西历上标注的数字。经历过去，经历过来，许多人，许多事，并非表里如一。人的感觉有苦，有甜，都揉在经历里，变成了经验。其实，经验于人，于任何人，真是一种刻骨的疼。冬的阴冷，可黄萎了花草，却挡不住春日阳光。渐渐地，我知道了，在现代社会里，文章不能载道，仅仅是故事的记忆。可我一直相信，有些记忆是值得，也必须记忆的。小说为我们提供了这样的可能。

　　生活里，有一种人，无能无力，更无知识，却不懂装懂，仅精于妒忌，时刻编造谎言，为私卖魂，陷正直于无辜，试图满足一己的私欲。这样的真实很多，几乎每个人都知道，绝非街谈巷语，更不是作家杜撰。凭什么？"无中生有，自我推荐，谣言惑众"，是这种人的唯一手段。

有得逞者，更多的是不能如愿。现实中的领导人，大多德才兼备，不像小说里的指导员那样盲目。这是众生的幸运！

"道"和"义"两个字，做好很难，"人"一个字，做好更难。

这篇小说使用的素材，是一次偶然事件，几个人物的遭遇，时代的独特阶段，这些东西总合在一起，以强势记忆留在我的记忆里，人和物，连绵的大山，秋日静谧的深夜，还有那片宽阔的河滩，滔滔向前的永定河，河心熄灭了灯光时那无尽的黑暗。

2007年秋天，到山西出差，火车途经我曾工作过的那个河湾，移动中远远望去，我望见了我的记忆，虽隔着车窗玻璃，却如新如昨。小说中所写的打井机，仍然灰头灰脑地支架在河中心，竖立着的工作臂，像一把利剑，直直地指向天空。它象征着什么，我想。眼前的永定河水枯竭污染得很厉害，已经没有了当时波涛清涌的模样。锈红色的，污浊的脏水泛着泡沫，变换着奇形怪状，漂在瘦小的河面上。自然的变化使我心惊肉跳。车轮轰隆轰隆地响着，仿佛打井机的铁锤，不断锤击大地那沉闷的声音，咚咚，咚咚地渗透进我的思维。出差后，恰巧接到《福建文学》编辑练建安主任的约稿，便抽空把这篇小说写了下来。

世间，本无鬼怪，却有鬼怪事。为什么？人心里常有鬼，每个人都如此。情的蛊惑，欲的搅扰，权的梦想，日子与生命的同步，都注定了生命存在于三维空间中的迷幻。深夜飘飞在大山上的那些小光球，不是文学借用的象征，自然里它们真的存在。只是现代经济，喧嚣着，把自然逼退得离我们更遥远了。于是，记忆一切消失了、正在消失和可能消失的自然与非自然，更加珍贵。

这篇小说所载故事，没有离奇的情节，没有叱咤风云的人，更没有轰轰烈烈的事件，只是几个小人物工作里的小事碰撞而已。然而，那样的迫害，在现实中却曾经存在（现在仍然存在），也确实左右了他们的命运，现在想起，仍然心疼。或许这是岁月流逝中的必然，或许这是生命的局限。物的毁灭，无论在当时，还是在以后，都不重要，它随时间一起，如一缕烟尘般缥缈散去，无踪，无影，未在我们的世界留下丝毫痕迹。败道寡义之人也一样，只能猥琐在阴暗里残喘，如物样灭失。

当我用小说记述这个故事时，我相信，文学仍然会温暖人的身心，希望读者也喜欢它。

向肯定这篇小说价值的《福建文学》和《中篇小说选刊》致敬！

纪念果戈理诞辰二百周年

2009年是伟大作家果戈理诞辰二百周年，特辑写本文纪念这位伟大的作家。

尼古拉·瓦西里耶维奇·果戈理生于1809年4月1日。他开创了俄国文学的一个新时期，用贴近现实的创作精神，以俄罗斯社会中的典型人物、事件为素材，创作出大量忠实于生活的作品，并以独特而生动的讽刺手法，树立起自己的创作风格。

二十七岁时，他抱着为政府清除弊病的目的，创作了五幕喜剧《钦差大臣》，讽刺了当时社会达官显贵们的丑恶原形，将"俄罗斯的官场丑恶集成一堆，毫不留情地集中地嘲笑了它一次"。招致了政府官吏的一致斥责和咒骂。以致他不得不躲到国外。三十三岁时又创作了《死魂灵》并因此扬名俄罗斯。《死魂灵》通过对各色官僚、奸猾地主等群体真切而生动的描绘，将俄罗斯专制统治和农奴制度的吃人本质揭露无遗。三十八岁时推出了《与友人书简选》，引发了一场激烈的思想论战。

在果戈理的小说中，常把多种叙事手段融为一体，自然天成。他的作品贯串着自己独特的讽刺和幽默风格，其对人、对事的尖刻的嘲讽，常常使读者拍案叫绝，但仔细斟酌，就会发现，在作家的嘲讽之中，会有一种幽默和痛惜的内涵。尤其是作家对小人物的悲惨命运的关注上，可以为我们的作家借鉴。

果戈理的小说里，还能看到怪诞、魔幻的叙事痕迹，譬如他的《鼻子》《外套》和《狂人日记》等作品，总是以出其不意的反常，使读者深思，甚至被他逗笑。作家的叙事和作品结构，不乏神奇之精彩。我们常常关注马尔克斯、博尔赫斯、卡尔维诺等作家的作品，其实，这种"怪诞现实主义"的创作方法，果戈理曾经表现得很好了。看看果戈理笔下的达官贵人们，哪个的行为不是丑陋得使人厌恶。作家用叙事，覆盖生活，将现实夸张，变形，藏寓意在文内。说果戈理是俄罗斯文学的丰碑，似不为过。陀思妥耶夫斯基曾说：我们所有的人，都是从果戈理的《外套》中孕育出来的。

今天，我们面对现代社会里那些猖獗的官僚腐败、官商勾结、行贿受贿等恶习时，我想，读一读果戈理，也是个不错的选择。果戈理的作品，毕竟为解剖现实社会、拷问堕落的灵魂、鞭挞腐败等，提供了作家创作的有效视角。

果戈理不愧为文学的楷模，他不仅属于俄罗斯，而且属于全世界。1852年3月4日，果戈理溘然长逝。

果戈理主要作品：小说《塔拉斯·布利巴》《死魂灵》《伊凡·伊凡诺维奇和伊凡·尼基福罗维奇吵架的故事》《旧派地主》《五月之夜》《涅瓦大街》《鼻子》《肖像》《外套》《狂人日记》《狄康卡近郊夜话》《米尔戈罗德》《彼得堡故事》等；剧作《钦差大臣》（五幕喜剧）；书信评论集《与友人书简选》《作者自白》等。

从电影想到了小说

　　刚刚看过一部电影《贫民窟的百万富翁》，网上就刊出了这部电影获奥斯卡奖的消息，而且是全部八项金奖。报道说：《贫民窟的百万富翁》把奥斯卡变成了"印度"。

　　这部电影包含了印度的社会、政治、宗教、经济、法律、现状，并将人的爱情、亲情、凶杀、卖淫、旅游、希望等融入人的存在与成长中。

　　故事借助电视台答题节目，从出生在孟买的杰玛和哥哥舍利姆的儿童时代开始，直到杰玛成人后，在答题节目中获得了两千万卢比大奖，与从小苦恋的拉提卡重逢，哥哥被黑社会杀死，真可谓悲喜交加。我们可以看到，贫民要获得一点点财富和荣誉是多么的艰难。

　　当杰玛答题获得了一千万卢比时，等待他的不是喜从天降，而是电视台、主持人勾结警察局，突然绑架了杰玛，对他进行了惨无人道的逼问、吊打和电刑。一段一段的回忆，使这部电影，成了印度社会的缩影。杰玛的成长，惊心动魄，他像是滚过了印度历史，遍尝了人生的酸甜苦辣。

我看到杰玛为两位美国游客导游时，一个肥胖的警察，疯狂地踢打瘦小的杰玛。我看到还是儿童的杰玛，躺在地上翻滚，向游客大喊着："你想看印度最有代表性的东西。这就是！"是的，这就是印度，就是具有警察特权的社会！

我看到了，此时的小杰玛，眼中没有眼泪，没有惊恐，没有惧怕，有的只是仇恨。这段画面，给我带来了震惊！也明白了仇恨从何而来。当然了，影片里的黑社会组织儿童乞讨，故意烫瞎孩子的眼睛，组织女童卖淫等，同样使人心惊肉跳。

一部电影线条简单，内涵深刻，有如此的冲击力，怎能不获奖！我相信，这部电影的文学剧本，也一定十分出色！

看过电影，我想起了我们目前的小说。按照艺术的内涵，在小说的语言和结构等技巧之外，还有想象、简洁与浓缩等因素，最重要的还有对人，对人性的关注。仅仅记述一个生活现象，则会失去作品的文学性，变成一个简单的故事。

　　我们在看一部电影和一幅美术作品时，一定会从那个画面中看到艺术的美，看到对人内心的感动，如果看不到这些，仅仅看到了色彩的浓妆艳抹，那么这幅画就是失败的。一幅画所展现的魅力，就是艺术，读者要看的也正是这点。电影更是如此，画面的蒙太奇，为电影带来了视觉冲击的美。看起来并不衔接的画面，却使一个故事浓缩得恰到好处，甚至覆盖了历史。我们不能想象，一部电影，会像目前一些小说一样，缓慢地进行着故事节奏，遍地撒芝麻。这种事在电影里是根本不可能发生的。

　　小说里琐碎无味的叙事，在挑战读者艺术鉴赏力的同时，磨灭了读者的耐心，而叙事者却仍然扬扬得意着。为什么呢？因为现在的小说，不仅仅是缺少想象，更多的是把生活表面现象复写一遍，很少有独特深刻的细节，基本放弃了对人性存在的探询，文本读起来冗赘，甚至让人反胃。

　　我们的小说，已经渐渐失去了想象、记忆、发现的内涵，而小说却恰恰需要这些文学特征。电影《贫民窟的百万富翁》，除了艺术内涵外，还带给我们许许多多值得思索的问题。

　　有人说，文学已死。其实这是对文学的误判，没有任何根据。我认为，文学不会死，但当小说剥离了人性时，却未必不死。

阅读疲惫也兴奋

——读托马斯·品钦《万有引力之虹》

　　刚刚与著名作家甘铁生就《哈扎尔词典》做了一个关于小说叙事的对话。此前，我们在北京北三环边上一个酒馆里畅谈，当然是围绕有关文学的一些琐碎话题。对目前文学叙事方式单一，给读者带来了阅读疲惫的问题，我们深有同感。便有了以后的关于《哈扎尔词典》的对话。

　　毫无疑问，《哈扎尔词典》这部谜一样的小说，带给读者，尤其是带给写作者疲惫之外的是一种兴奋，关于叙事、语言、视野、知识、历史等作家应该具备的文化素质，无论如何，《哈扎尔词典》所承载的文化信息，都是我们目前的文本无法相比的。像《哈扎尔词典》这样的作品，有马塞尔·普鲁斯特的《追忆似水年华》，詹姆斯·乔伊斯的《尤利西斯》，伊塔洛·斯维沃的《泽诺的意识》和托马斯·品钦的《万有引力之虹》等小说。可以说，后现代主义文学作品的冲击力，不容忽视。文学的表现形式，应该多样化。

读《万有引力之虹》时，我觉得十分辛苦。这部厚重（这里指书的厚和重，近九百页，重超过一公斤）的书，阅读时，怎么拿着都费劲。我习惯躺着看书，身体放松了，思维便于随情节进入状态。然而读这部书躺着看不行，一只手拿不动它，必须两手捧着举着，托着它本已费劲，再用一只手的手指分开书页，绝非容易事，躺着看它就非常辛苦了。尤其是冬天，把俩胳膊伸出被窝，举着书看，实在受罪，时间长了，胳膊冰凉，手指会抽筋。但这部《万有引力之虹》对我充满了阅读诱惑。于是，便改了习惯，把读《万有引力之虹》挪到了卫生间，坐在马桶上看，书放在膝盖上，果然惬意多了。难怪古人读书有在马上、厕上、床上等"三上"之说。

"万有引力之虹"的寓意，是火箭发射后形成的弧线，火箭的爆炸，会摧毁世间的一切，作者认为它是死亡的象征，同时也是现代世界的象征（这一点及其重要），因而被用作书名。

《万有引力之虹》不仅版本的纸质厚重，文学和文化内涵也厚重。这部后现代主义小说，并非像一些书评人所说，没有故事情节，仅由零散插曲和作者似是而非的议论构成。这么说，不仅有失偏颇，还埋没了托马斯·品钦的叙事宏观。

小说是有故事的，它围绕着德军V-2火箭袭击伦敦展开，美、英情报机构都想弄到火箭的秘密。他们发现美军中尉泰荣·斯洛索普发生性行为的地方，往往是火箭的落点。于是开始对这问题进行研究，吸引和牵连了许多人，一位研究巴甫洛夫学说的军官甚至认为斯洛索普的头脑里有个支配生死的开关，决定利用他的感应能力，派他到敌后去刺探火箭秘密。然后，故事追随斯洛索普的行踪轨迹，直到故事结束。

这部书，以战争为核心，外延拓展到生活的几乎所有方面。包括文艺学、社会学、历史学、心理学、高等数学、现代物理学、化学、军事学、火箭工程、性心理学等。叙事上使用意识流，想象与现实，思维与行为，兴奋与恐惧，压抑与释放，这么说吧，凡是人本身具有的和经历的，或者说人的感觉和社会事件发生的可能，都随作家的意识在情节里切换，由此构成了它的繁复结构，包罗万象。通过阅读，可以见到战争的残酷和对人类的摧残，人作为可以制造战争的主体，实际在战争里却无所适从，遭受蹂躏的恰恰是人类自己，最终导致了人性的改变，甚至倒错。譬如书中多次写到的非正常性行为，都是人在外因逼迫下，无法正常生存，无从找到自身的正常位置的发泄式的自虐。一切人为的政治、经济、思想、宗教、党派等，都是人类本身的祸患。无论它标榜怎样的自我公正，要实施怎样的拯救人类脱离水火的说教，凡是试图使人脱离开自然的预谋，都是人类灾难的罪魁祸首。甚至哲学与科学也一样。

品钦曾告诫读者，在他的小说中寻找主题是可笑的，他的小说里，动用象征和抽象比拟，达到隐喻的目的，如火箭、虹、作用力和反作用力、性行为与火箭弹落点、女王、虐恋等，甚至人，犹太人和黑人，普通人和军人，都成为他的叙事道具，可以说是出神入化。我们可能无法想象，一位统领千军万马的军事首领，赤身裸体跪倒在一个女人脚下，任其蹂躏。但在这部书里却自然发生。品钦以文学的叙事，逼使人性向原始性回归。

在《万有引力之虹》这部巨著中，我们可以看到品钦的博学，他叙事所涉及科学、经济、商业、地理、历史、哲学、外语、音乐、电影、娱乐节目、特异功能和政治等，乃至我们的《易经》，都被他囊括在自己的叙事中。品钦的叙事能力，涵盖丰富，视野宽阔，知识含量深厚，这样的作家，这样的作品，实在值得读者尊重。

托马斯·品钦通过战争和灾难的展示，告诉读者，真实的人生是极其残酷的。文学如此，才能说丰满吧，或者说是后现代主义文学的魅力所在吧。

心灵穿越现实的童话

——一定要读的《失物之书》

对爱尔兰文学我了解不多，刚刚读了一部长篇小说《失物之书》（人民文学出版社2009年4月出版），作者是约翰·康诺利。这部作品，让我享受了阅读，同时也不得不感叹作家的过人才华，这部书无愧为当代文学的经典。

我们的现实生活，被机械化，被科技化，被战争化，被政治化，被物质化，被现代化，被经济逼得远离了自然的朴素，远离了人的本质。以后，我们在所谓的现代或后现代中，便再也没有过心灵的平静、平安和自由，几乎，生活与生命都没有了选择和想象，世界如一部被注入了兴奋剂的野兽，在各种主义的疯狂碰撞中，把整个人类都挟裹在它的战车上，羁押在物质文明与精神文明的缝隙里，人，在所有主义，所有信仰的标榜民主、人权的叫唤中，甚至没有喘息的空间。生命被抽空了灵魂，一切都没有情趣，变得麻木、阴冷、生硬，恐怖无处不在。

想象是什么？当下或许连文学也无法回答。因为文学本身已经没有想象。人类一切关于惩恶扬善，关于平等、温暖、公正、自由的美梦，都早已经被替换成冰冷无情的教条，被越来越冠冕堂皇地传说着，文学在现实主义的倡导中，正在日复一日地失去想象，沉迷在简单叙事的过程中。

看看《失物之书》，这一当代的爱尔兰文学作品，或许可以找到一点心的安慰，找到一点对文学的谦恭。虽然它之中也充满了恐惧的描述，但在主人公戴维寻找母亲的过程里，更多的是一种对美好的回归，是一种善良战胜邪恶的期盼。

在世界文学中，曾经有过许多美丽的童话，也曾有过奥威尔的《动物农场》，查理德·巴赫的《海鸥乔钠森》，安托万·德·圣·埃克苏佩里的《小王子》等书，但这一本《失物之书》还是不能错过的好书。

这部书以其出色的想象，优美的文字和流畅的叙事，把读者带入童话般的意境里，过去的童话、寓言被作家重新诠释，丰富的故事中，想象力可穿透读者的心灵。

小戴维的成长，他所失去的一切，他所期盼的美好，或许也正是我们所失去和要寻找的吧。

怎样的文字能够更长久

偶然看到一本书，看了里面几篇文章，便想说几句什么。说什么呢，想说说文字怎样能够更长久，怎样能够成为"文学"或者说"艺术"。

我们常常以为，讲个男婚女嫁的故事就是小说，写写出门旅游就是散文，排列几行词句就是诗歌，揭露偷鸡摸狗就是针砭时弊了，我也相信，许多从事写作的人也一定有这样的想法，一定认为只要把生活里发生的现象写出几段，把流行的话语用上几句，再弄点情况充作情节，讲述得细密冗长，有报刊愿意发表，就是成功的标志了。

看了约翰·伯格的作品，立刻觉得这样的想法不仅浅显而且可怜。凭了如此想法去摆弄文字，真的与瓦匠鼓捣X光机、小商贩操纵航天器一样的荒谬和无药可救。

英国人约翰·伯格是位画家，当然也是作家，要不他就与文字或者说文学没有关系了。他从一幅画《英国矿工》中引申出的文字，让我震惊，让我羞愧，我以为，这才是文字或文学的艺术境界。

我们先看看他的文字，他说：当正义的事业被击败；当勇毅之士遭羞辱；当作业在井底和井架上的工人像垃圾一样被踩在脚下；当高尚被嗤之以鼻，法庭上的法官听信了谎言，而造谣中伤者却为他的造谣中伤换得酬劳，这酬劳足以养活一打罢工的家庭；当警棍沾满鲜血的暴力，警察发现自己并未站在被告席上，反而上了荣誉榜；当我们的往事被玷污，希望和奉献在愚昧而邪恶的微笑中被置之不理；当举家惶惑，以为当路者瞽于理性，一切请求皆视而不见，以至于我们欲诉无门；当你逐渐意识到，不管字典里面有什么，不管女王说了什么，不管议会记者怎样报道，不管这个体制如何冠冕堂皇地掩饰其无耻和自私；当你逐渐意识到，他们的目的就是欺压民众、鱼肉百姓，他们企图破坏你的财产、你的技能、你的社区、你的诗歌、你的团体、你的家庭，只要可能，他们还要打断你的骨头；当人们终于意识到这一点，他们或者还会听到暗杀的时刻，法律允许的报复时刻，在脑子里回响。

多么真实的现实，多么朴实的文字，区区数语，他把多少丑陋和邪恶揭示出来，他又把多少卑鄙的灵魂押上了审判台。

我们再来看看约翰·伯格的艺术境界。

　　他说：我无法告诉你艺术何为，或者艺术怎样完成自
己的使命，但我知道，很多时候，艺术审判那审判之人，
为无辜之人申冤，向未来展示过去的苦难，因此它永远不
会被人遗忘。我还知道，有权势者害怕艺术——只要做到
一点，不管是什么形式的艺术——而且，在民众中间，这
些艺术有时就像谣言和传奇那样发生作用，因为它赋予了
生命之残酷以它自身所不能拥有的意义，正是这种意义把
我们联合在一起，因为它最终与正义密不可分。艺术，一
旦具有此等功能，就成为那不可见者、不可约者、持久之
物、勇气和荣誉的交汇之地。

　　我还在读约翰·伯格的文字，因为，只有像他这样的
文字，才能够更长久。

生活之后

　　此前写过一个短篇小说《通宵明亮的小屋》（《福建文学》2009年第10期）。有读者看过后觉得蛮有意思，也有人说瞎编，说那是没可能发生的事情。一朋友短信对我说：真贩毒假贩毒我不管，那女警察凭什么对嫌疑犯微笑，虚构不能没边，要让我相信，你把故事讲下去，讲完。

　　我也曾想过，朋友可能说得对，女警怎么会对一个贩毒嫌疑犯笑？何况那还是在审讯室里，在正义与邪恶的较量中。我百思不得其解，我们的生活里，难道真会有不能发生的事情吗？我一直以为，所有人的生活，无论酸甜苦辣，其实只是一张被自己耍弄着的皮，人的生命造化，无法逃脱被外界事物钳制和改变，卑躬屈膝者不在此例。

　　小说也一样，很多时候，它并不顺随作者的思维，它会像生活似的四散延展，霸道又固执。作家的构想，往往不得不妥协人物活动，于是，便有了生活中很少存在的故事发生。为了使女警的笑合情理，也为了探索小说的可能性，我决定把故事讲下去，让小屋里的人物站到前面，不管他是怎样的外表或性情，这就是中篇小说《另一层皮》了。

《另一层皮》的故事虚构，情节却来自真实生活，文中人物大多是有原型的。譬如贪污犯"老白毛"，拦路抢劫的青年"小侯七"，打伤外国人的个体服装商人刘山，忠于职守的小个子狱警。我只不过是把更多人和事，浓缩到他们几个人身上。

我曾在那个关押犯人的小屋里待过十几天，为了得到在押嫌犯们的信任，与他们融为一类人，白天，我和他们一起吃很咸很咸的熬菜，渴了喝自来水管中的凉水，甚至趴在水泥地上，用毛巾擦洗便池；夜晚，大家轮流用凉水洗手擦脸，然后拥挤在一张大木板子上，或坐或卧，一个挨一个地排开，中间几乎没有一丝缝隙。他们听我讲故事，说外面的社会形式或趣闻八卦，我听他们彼此用脏话斗嘴取乐。当然我也探听他们各自的案情；闲暇时，大家一起从监狱的小窗向外张望，看着一丝斜射进小屋的耀眼阳光，或夜的眼睛似的黑暗，把自己对自由的猜想和欲望，溶解在自己无声的闷想中。

离开那里后，我也曾真的去为老白毛传递信息。这么做，并不是为得到小说里写的那辆轿车，而是我要看一看，在这位曾经的管理者的经济案背后，究竟隐藏着怎样的实情。当我走进那座古旧、高大、威严的四合院，当院主人得知我是老白毛的朋友时，他把我当成贵客，表现出了热情的欢迎，可他听我说完老白毛向他求以援手后，他的表情瞬间变化，不动声色地沉思后，冰冷地、毫不客气地对我发出送客令。由此，我知道了生活之深厚，真的像这座四合院一样，一进又一进的院落，把不为普通人知道的秘密包裹在高墙内。

文学作品，大多叙写生活之后的故事，作家们把它记录出来，仅仅是为了使生活更加有趣儿，使人们在前行的路上有所警醒。至于是赞美人性的善良，还是揭露人性的丑陋，都是将生活的表皮撕裂开，让生活中的真实，还原为真实，用文字的描绘，覆盖了人们习惯和被耍弄了许久的那种假象。

小说究竟能否承载这样的使命，又避免八股式的叙事模式，其实很重要，因为小说除了语言和结构的魅力外，还应具备其内在的价值。但这却由不得作者做主，读者会判断它的价值所在。让人欣慰的是《中篇小说选刊》的编辑，读到了这篇小说，并给予了肯定，文学或许会在他们的坚持中得以张扬。

但这部小说，仍然未能把女警与作家的故事交代清楚，因为他们之间，真的有一个约定。

关于葛水平作品的印象

首先代表《北京文学》杂志社向《黄河》杂志社和与会的朋友们问好，并代表我们社长章德宁、代表《北京文学·中篇小说月报》向葛水平表示祝贺！

参加《黄河》杂志社为葛水平举办的作品研讨会，可以使我们有机会，更多地了解葛水平和她的作品，增加我们与山西文学界朋友们的交流和友谊。《黄河》杂志社举办葛水平作品研讨会，做了件好事，为山西文学的发展做了件大好事。对《黄河》杂志社，我们《北京文学·中篇小说月报》一直十分关注，对老朋友张发主编我们十分尊重。我们曾选发过葛水平的两部中篇小说，是张发主编推荐了她的作品给我们，才得以使我们在第一时间里，在全国的文学选刊中，第一个连续选发了葛水平的两篇作品《甩鞭》和《地气》，这在文坛对葛水平的关注上，起到了很积极的作用。这是我们工作的成绩，也是《黄河》杂志社对《北京文学·中篇小说月报》的信任与支持，更是葛水平作品本身的魅力。

对《黄河》杂志，我们很了解，这个刊物，有自己独到的文学眼光，有自己独特的文学行为，它的办刊理念，会使山西文学得以张扬，它为山西文学的发展，建立了一条连接全国的桥梁；作为一个定位于为本省作家服务的刊物，它注定会使山西作家们受益。张发主编和《黄河》杂志社全体编辑的努力，是山西的作家和山西文学的幸运。

是在2004年的2月，大约是月初，具体日子记不住了，但一定是我们已经确定第3期稿件的那几天，我接到了张发主编的电话，说推荐《黄河》上一位作家的两篇作品给我们，并特别说明，这是作者的小说处女作。当时，我们不知道谁是葛水平，一点都不了解她。由于我们第3期正在定稿，我请张发主编立刻把稿子传来。接到稿件后，我们立刻审读，果然是好作品，并对怎么选用葛水平的两篇作品进行讨论。葛水平这两篇小说，具有很好的文学性，有较深的文学内涵，故事的可读性也好，是当时难得一见的好小说。作为作家的中篇小说处女作，能写出这样高水平的小说，取决于作家对文学的深刻理解，对生活的深层感悟，是非常难得的。我们觉得，这是一位值得推介，必须推介的作家。也符合我刊发现文学新人，扶植文学新人，大力发掘优秀文学作品的办刊宗旨。最初，我们想两

篇一起选，像《黄河》一样，但经过仔细斟酌，觉得两期
连选，对作家和她的作品，会起到更积极的影响。在我们
社长章德宁的首肯下，我刊决定，立刻在2004年第3期"中
国中篇小说排行榜"栏目头条，选发葛水平的《甩鞭》，
第4期又再次选发了她的《地气》。

连续两期选发一位作家的中篇小说，在我刊是没有先
例的，葛水平的小说破了我们的规矩。这是葛水平小说的
文学价值所在。

仅就《甩鞭》和《地气》谈一点对葛水平作品的印象。

葛水平的小说《甩鞭》，文本结构完满，叙事语言顺
畅，故事讲述得荡气回肠。一个男人为了得到本不属于自
己的女人，借助了运动和自然地势，显示了男人为达到私
欲目的的阴险和老辣，最终也确实达到了自己的目的，又
在得意时对女人说出了他曾经的行为过程。并说出了了结
生命的话：这活儿，该你干了。为什么，他在这样的过程
里得到了什么，这是作品让人思索的地方。

《甩鞭》的人性化叙事，正是得意于葛水平以女性视
角对生命的观察，她的文学审美意识，使小说里弥漫着充
分的理解和宽厚的包容性，并使生命在冷静的忍耐中导致最
终的人性回归高度。这个"人性"所指，就是故事讲述的全
部真相，就是王引兰得知真相后，把刀插进了铁孩的身体
里。作品里张扬的原生态的人性，正是文学展现给读者，
感动读者的魅力所在，作品的文学价值是不容忽视的。

读《甩鞭》时，总可以感觉到葛水平的叙事方式，没有盲从于流行叙事的怪圈，没有细腻细密的絮叨，没有大家一起使用的相似的素材，相似的故事情节。葛水平是用自己的叙事视角，用平实的叙事语言，用对人性充分尊重的激情，以文学的表现力，把一个陈旧的有关爱情的故事，以情节与细节的再生，讲出了新意。

《地气》表现了三个女人的世界和一个男人的苦斗。在偏僻的山村里，男主人公徘徊于一个教师教一个学生的荒唐事实中，同时又在经历着被两个女人纠缠的烦恼。但他的归宿却在别处。当一切都成为过去时，荒僻的山村只剩下他自己。当他的学生来到时，生活是否就会重新开始呢？作品的构思独特，也引人思考。这篇作品与《甩鞭》比，在文学的内涵上，不如《甩鞭》厚重。但由于作品的完整性很好，叙事流畅，人物命运时刻牵扯读者的心，所以并没有影响它的质量，它的文学价值仍然是很高的。读葛水平的小说，总会使读者，不自觉地沉入她制造的叙事意境的圈套里，感觉会随着她的叙事情节，随着她作品里的人物经历一松一紧，这种阅读感受，会让人不自觉地想起《伏羲伏羲》和《无边无际的早晨》这两篇作品给读者带来的心理震颤。可以说，葛水平的《甩鞭》具有上述作品的文学品相。

在这两部作品以后，葛水平又连续发表了《喊山》《天殇》《黑雪球》等中篇小说，反响也很好。但是我们没有再次刊选她的作品，这并不是说我们对葛水平没有关注，她的每一篇小说我们都认真看过，但我们没有再选。因为我们感觉到，她后来的作品没能超越《甩鞭》，我们在理性中期待着，希望葛水平在以后的创作中，写出更好的作品，再来它几次响亮的甩鞭！

推荐一本书

著名翻译家蓝英年先生送我一本书，他与徐振亚先生合译的《捍卫记忆——利季娅作品选》（广西师范大学出版社2011年9月出版）。非常喜欢。

本书收集了俄罗斯女作家、批评家利季娅·丘可夫斯卡娅的中篇小说《索菲娅·彼得罗夫娜》；她的回忆录《纪念弗丽达》《孤独的威力——忆萨哈罗夫》等；还有她的日记。在日记中，她记述了与索尔仁尼琴、鲍里斯·帕斯捷尔纳克、约瑟夫·布罗茨基、阿赫玛托娃等人的交往。在苏共二十三大会上，肖洛霍夫曾攻击两位被审判的作家，她当即给肖洛霍夫写了公开信，指出"刑事法庭无权审判文学，思想应用思想反驳，而不是用监狱和劳改营"。

其小说初版是在苏联以地下出版的形式流传，后由国外出版社正式出版。这是1939年的苏联，冒死写出的一部书。

利季娅说她的小说"写于这里和那时"，她选择的女主人公
不是姊妹，不是妻子，不是朋友，而是象征忠贞的母亲。

索菲娅·彼得罗夫娜是位寡妇，与儿子相依为命，她爱
儿子，她的全部生活内容就是儿子科利亚。然而，她的儿子因
被人诬陷遭到逮捕，并被宣布为"人民敌人"判处"十年外地
劳教"。可是索菲娅·彼得罗夫娜坚信，儿子无罪，也不可能
犯罪。儿子绝对忠于党，忠于自己的工厂。但事实是儿子被逮
捕了，并在监狱中受到折磨。许多日子后，她得知儿子要被
释放，高兴极了。可当她接到儿子的信时，事实完全不是那
样。儿子在信里请求妈妈写申诉信，说他是被诬陷的。在监狱
里还被拷打。儿子说：妈妈，赶快写信，这里无法长住。她
不知道怎么办，便去问基帕里索娃。当她走进那个女人的房
间时，看到屋里空空荡荡，没有桌子，没有椅子，没有床，
没有窗帘，只有窗边地上放着一部电话。她对索菲娅·彼得
罗夫娜说：我被遣送出列宁格勒了，明天走。丈夫已被遣送
了，判了十五年。两个女人去浴室说话，因为电话被安装了
窃听装置。那女人劝她千万不能写申诉信："您如果写了，
儿子会被流放得更远，他们也会想起您来。"故事基本情节
如此吧。"这里和那时"的列宁格勒的春天充满了寒冷。

小说里弥漫着这位母亲的无奈与绝望。

《索菲娅·彼得罗夫娜》与索尔仁尼琴的《古拉格群
岛》一样，为无辜而遭难的人，记取了他们的真实经历，
是一部记忆之书。

艺术的卑鄙与叙事的可能

——《战争画师》读后笔记

　　艺术的存在，往往造就了纯粹、深邃、美妙、内涵等词汇，仅从绘画、音乐或文学等艺术的门类看，确实如此。有时候，一个艺术现象或一幅（部）作品，会引发人的哲学思辨，因为它记忆了历史，记忆了时间，记忆了人存在的状况。也因此才可以成为艺术。文学作品在这一特征上，有着得天独厚的优势。

　　西班牙作家阿图洛·贝雷兹——雷维特的长篇小说《战争画师》（陕西师范大学出版社2009年1月出版）以对人类存在现状的理性审视，分析了人的，人性的两面属性。书中描绘的战争给人类带来的血淋淋的恐怖，人的兴奋与野蛮，残忍与绝望，使人对人性中暴露出的凶残性感到震惊。小说叙事委婉曲折，简洁清晰，以大量现实和史实，覆盖了我们生存的自然空间，也同时覆盖了人孱弱的心理空间，文本充满了知识性和可读性。

我们在看一幅美术作品时，一定会从那个画面中看到艺术的美，如果看不到这些，仅仅看到了色彩的浓妆艳抹，那么这幅画就是失败的。一幅画所展现的生活情趣和历史瞬间，必得充满了视觉冲击，再现了它所记述的事件或传说，绘画的艺术魅力才存在，读者要看的也正是这点。

譬如《马德里1808年5月2日》（戈雅）、《米凯莱托的参战》（乌切罗）等油画所展现记录的事件。前者逼真地记录了一个枪杀对手的场面，后者则以恢宏的场面记录了一场残忍的杀戮。人的尊严，生命的高贵，在艺术的记载中，再现屈辱和悲戚。但是读者往往能从画面看到画家的精湛技巧，却没有延续着画作的内涵，进入历史深邃中去的兴趣，更没有追随画家的精神感觉去探询的耐心。这两幅画作，是长篇小说《战争画师》中叙述引用的著名油画，雷维特借以拓展自己对战争观点的依托，说明人类间的相互杀戮，残忍而暴虐。

雷维特用冷静的叙述，描绘了当代的波黑战争，提出了上述我们忽略了的问题，提出了"人，为什么而战，为什么面对惨苦的场面无动于衷，为什么在屠戮同类时人性灭失，在折磨摧残对手时充满了兴奋和快乐"。并以文学的概念，重新为艺术定位，尤其是对战地摄影艺术的问责，也因此借助小说，重现了文学的艺术价值和小说的文学价值。

《战争画师》记述了一位战地摄影师法格斯的传奇经历，他记录战争场面，试图涉足所有战争或人类的灾难，雷维特以逼真的现实画面，艺术的视觉角度，多次获得了各种国际摄影大奖。他从来也没想过他拍摄的人物在战争中的绝望、可怜和无助，也没有想起要在可能的环境时，去帮帮他们。因为他是一位忠于职业的新闻人，他的职责是报道触目惊心的战争场面和战火中的人物。许多年以后，他转行成为一名画家，生活得悠闲自在。但他一幅获奖作品里的一个被认为早已死亡的士兵，突然在一个早晨找上门来。并说明要在与他交流后，杀死他。

但作品的结局，完全出乎人们预料。

作品通过两个人的记忆和讲述，再现了当代波黑战争中惨无人道的现实，揭示出人性的野蛮内涵与人类艺术的卑鄙一面。作家没有刻意地去描写战争的胜负，没有精心地去歌颂军人的英武，仅仅从参战者（或涉足战争者）对战争的个体感觉，从他们看到的由战争给人带来的羞辱和摧残，提出了对战争，对人类道德的审视。指出了人类经历的发展历史，是由尸体铺成的路上走来。人性，其实是在互相残杀中不断地堕落着，消失着。

作品的文学性和可读性，高于目前的许多小说文本，雷维特以哲学的理性，艺术的概念，阐释了战争给人类，或者说给人带来的灾难。其近乎荒诞的叙事，让读者相信，小说的叙事，并非没有了突破的可能。从作家的叙事和作品结构看，他为文学艺术的延展所作出的努力，实在高出了当代叙事者，甚至可以与曾经的文学大师比肩。譬如曾为中国作家带来叙事比照的卡夫卡、马尔克斯、卡尔维诺等。

由《战争画师》，我们看到中国文学的现实主义表现，或许在当代科技与经济发展的现实中，已经找不到准确的叙事角度。叙事者的想象空间，往往被掩埋于习惯性思维，跟不上社会万象的种种演变，也因此加重了小说叙事的滞后性，文学作品变得呆板而缺少活力。或者说是作家们在现实社会的经济、政治、名利、生存等现状逼迫下，自觉自愿地沦落为转述街头里弄现象的学舌者。一是作家没有了对虚构文本的艺术追求；二是文字的简单排列嚣张着把故事推入苍白的深渊；三是叙事者在叙述兴奋中放弃了思维的自由与可能的想象空间；四是作家对小说结构和语言不再有仔细推敲的耐心，不再有对独特个性的追求；五是作家在当代繁杂的语言环境中，在一种强势话语的威逼下，放弃了对文字修辞的主动权和独特个性，尤其是一些热衷于把生活里所有的琐碎过程，当成细节详细复写的作者，使文学的现实主义在溽热的现状中膨胀，寡淡了小说的味道，也抽换了现实主义的内涵。本该为文学艺术浓缩的精彩生活，为艺术再塑的人类的善良和理智精神，悄然逝去。汉语言，在许多当代小说文本中，在作家的叙事中，正在逐渐蜕减美的内涵。

读一读《战争画师》，或许不仅能使读者看到战争的残酷，看到人性的堕落，看到政治信仰给人带来的野蛮和荒谬，还能使写作者看到小说叙事的新的可能。

巴别尔，精巧叙事的冲击波

——《敖德萨故事》读后

　　刚刚读完巴别尔的《敖德萨故事》，这部书给读者所带来的阅读感受，实在非同一般。它甚至影响了我正常的审稿阅读。因为读了它以后，再看别的小说时，找不到阅读点，找不到文字给思维带来的冲击性，很难回归到我们阅读时习惯了的传统叙事意境中。

　　这么说并非是我故意厚此非彼，崇洋媚外，看低了我们自己的作家和文学作品，尤其是中篇小说。因工作关系，我现在必须阅读大量的中篇小说，几乎每有新作，都要关注到。作为纯文学选刊的《北京文学·中篇小说月报》，我们的宗旨是绝不放过好作品，总要在第一时间，将最好最新的中篇小说及时推荐给读者。

这里先说几句我国的中篇小说，抛开任何个人观点，仅从文学的视角看，目前较为活跃的中篇小说，大多题材扎堆、情节近似，从阅读的角度看，这首先在数量的阅读概念上缩水，读一篇或许可以感知到三篇或更多。其次，有些作品很容易给读者带来阅读疲惫。你读吧，大都是结婚离婚婚外恋，家长里短的婆婆妈妈，真的也难为这些写作者了，要把这些故事讲得没完没了，确实不容易呢。要是遇到一位心怀叵测的慢性子，他再在字数上死死地纠缠，暗地里准备多弄点稿酬，准让读者的情绪，在一种没羞没臊的细密细腻的絮叨里，把自己的阅读激情消磨没了。

可这个俄罗斯的巴别尔，不同了。他的文字和叙事，很像敲编钟，拉提琴，小锤儿与弓子所到之处，准确有力，他真是个了不起的作家。我看《敖德萨故事》，一口气读了个痛快。这本书所载短篇小说，篇篇精彩，其叙事的冷静，题材的多样，足以让爱文学者在文学的大饭桌上饕餮一餐。

巴别尔的小说，看似漫不经心，实则内涵深刻，语言充满了张力，几乎每句话，每个段落都向外延伸，像是要囊括了生活里的边边角角。

读后，我感觉《敖德萨故事》要比巴别尔的另一部作品《骑兵军》精彩许多。《骑兵军》的好看在于平实，在于对历史的记忆。而《敖德萨故事》则以厚重的道德概念，活泼的文学性情，微笑着描绘普通生活，在不动声色中撕开了人世的假面，充分显示了叙事与文本的魅力！

难得的是，他能把读者的情感拽进故事之中。

巴别尔的小说，在文学成就方面，比他的同胞纳博科夫、契诃夫及文学界较为推崇的博尔赫斯等大作家，有过之而无不及。

读巴别尔的作品，其实是个享受，他总能在适当的时候，给你带来阅读的快感。

简要介绍五篇作品，各有特色。

《德·葛拉索》，这是一篇很短的作品，大约三千字吧，可它却记叙了小镇上人们的道德转变。小镇上来了个小剧团——德·葛拉索剧团，肮脏混乱的管理和参差不齐的演员，开始让人瞧不起。首演那天也没什么人去看。但在他们首演后，却以精彩的剧目博得了小镇人的追捧，剧院巷里人人都兴高采烈，争先恐后地去买票。

　　那些日子里，只有我沮丧着，因为我把父亲的金表抵押给了科里亚·施瓦茨。那家伙拒绝把金表还给我。科里亚·施瓦茨与妻子看了德·葛拉索剧团的演出后，他的妻子骂他是不知道关心女人的二流子，并逼迫科里亚·施瓦茨把金表还给了我。小镇上人们的道德观念变了。

《养老院的末日》，一所挨着公墓建立的养老院，在饥荒年间都没使老人们受委屈，老人们在那里生活得蛮幸福。但在镇压了沙皇政权后，情况大变。新政权开始关注失业和公用事业的员工，老人们先是被各种手段挤压，譬如种牛痘、进行劳动登记、减少收入等，最后在当局要改、扩建公墓时，老人们被赶出养老院。

巴别尔写道："烈日一升到中天。暑热折磨着这群穿着破衣烂衫在地面上蹒跚而行的人……当年在敖德萨，由市区通往墓地的是一条悲惨的难以言说的道路。"

《初恋》说的是我十岁的时候，爱情萌动，爱上了一个军官的妻子，那女人几近风骚。当时但正好赶上1905年蹂躏、迫害犹太人的暴乱，我父亲的财产被暴徒抢光，商店被焚毁，父亲还被哥萨克骑兵羞辱。我们家在那女人帮助下，除了我生病以外，没有受到更大的迫害。最后我们家不得不从尼古拉耶夫市迁往祖父居住的地方。

《国王》中的别尼亚·克里克是称霸一方的强徒，自称和被称为"国王"，他无恶不作，几乎所有的街坊都怕他。警察局要除掉他，并准备在克里克姐姐的婚礼上动手。有人报信给克里克，他没拿这当回事，并先于警察，动手烧毁了警察局。

《父亲》的一被遗弃在农村的女儿，长大后来找父亲。此女与父亲情感不深。后来，她要出嫁。但男方是个南货商人之家，看不起她父亲家。父亲没有办法，来找别尼亚·克里克，要把女儿嫁给这个强徒。克里克正在嫖娼，父亲在妓院外面等了他一整天后，与克里克达成协议，他给克里克三千卢布嫁妆，再逼迫南货商人家赔偿两千卢布。婚事敲定了！

叙事出新的米利亚斯

　　刚刚读完了一部西班牙作家胡·何·米利亚斯的小说《劳拉与胡里奥》。感觉这部作品很有阅读价值。他的叙事手段很新，也很独特，最起码对我们目前大部分小说的叙事来讲是这样。同样是写婚外恋，但米利亚斯笔下的婚外恋，却有出其不意的情节，说不清道不明的纠缠，有些事件，是读者绝对想不到的。小说情节设计曲折，处处设置悬念，对生活的想象完全构建在小说的艺术境界，所以在叙事中，涉及这起婚外恋事件的三个人，各自沉迷其间，故事高潮迭出。

　　有时候，从作家的讲述间，看不出是现实还是虚构，生活被溶解在作家的叙事之中，难分难解。这种回到情节，回到文学本身的创作方式，使小说文本充满了快乐因素。

　　米利亚斯在这部小说里，从多种角度展开叙事，全方位审视生活。作品里每个人物都有个性，尤其是劳拉对生活的设计，不能不使人对她的，或者对女人的心计重新估计。而被蒙在鼓里的胡里奥，在偷窥妻子电脑秘密的同时，才从网络邮件中猛地明白事件真相。但在惊讶中，他也似乎找到了快乐。

这部小说里，人与人间的关系处理得很好，大家都在一条平等的线索上表演。作家也不对任何人的任何行为做价值评判。

看了这部小说，就想起我们这里的流行叙事，想起我们的作家对生活的没有见解，对创作平庸惰性的理解。不得不赞叹米利亚斯的叙事手段，他的叙事技巧和想象力，确实高明。《劳拉与胡里奥》这部作品，不仅具有当今小说难得一见的动人情节，其被模糊了的现实生活，充分虚构的小说情节相互缠绕，使整部作品的虚构充满纯粹的想象魅力。

米利亚斯的叙事，极富时代特征。他的小说把生活写得充满讽刺意味和戏剧效果，很值得我们思考。

人们渴望的理想国

——《乌拉尼亚》读后

2008年诺贝尔文学奖，授予了法国作家勒克莱齐奥。他有许多部著作，已经翻译成中文的有《诉讼笔录》《战争》《少年心事》等，但我大部分没读过。但仅从我读到的《乌拉尼亚》(人民文学出版社2008年出版)这部书来说，我以为他获得诺贝尔文学奖是当之无愧的。

《乌拉尼亚》是一部充满渴望的书，它所讲述的故事，让人们在战火纷飞的年代，行走在寻找理想国度的路上。读这部书的时候，我总是想起世外桃源或者香格里拉，当然也会想起人类的黄金时代，甚至想起不是很久很久以前的我们祖辈们的友善德行。在那种曾经贫穷的日子里，那种寒冷的冰天雪地中，实际上人们过得很舒心，因为大家彼此照应着一起过日子。绝对不像眼下似的，为了一点经济利益，或者一个职位而恶狗般地争斗。我知道，那不是传说中的黄金时代，但那时的人性中，还是善良多。这也是《乌拉尼亚》故事的意思，它摒弃人性里的罪恶，呼唤人性中的善良。

"乌拉尼亚"在希腊神话传说中的语意是"女神"，在小说里则是"天上的国度"的意思。那么，勒克莱齐奥的创作着眼点是渴望人类的理想国。

沿着勒克莱齐奥的叙事，我们可以看到"我"创造的这个国度，是一个真正人与人平等相处的地方。勒克莱齐奥之所以有这样的渴望，是因为他看到了，在现实社会里没有这样的地方。在我年轻的时候，曾读过一本叫《伊加利亚旅行记》的书，作者的名字忘了，说得也是这样一个人们渴望平等相处的理想国。譬如国家的首领是由全体民众民主推举出来，他任期满了以后，与大众一样，仍然是普通人，如果他任前是医生，那么他仍然去做医生，如果他任前是个补鞋的皮匠，那么他当完领袖后仍然是补鞋的皮匠；譬如全体民众占有货币的数量，无论官员还是普通公民，都是均等的，就业机会也一样，等等。这种对人类平等相处渴望的文学或哲学著作，当然还要包括柏拉图的《理想国》。有这么多作家学者为人类平等相处的渴望著书立说，绝对不是没有缘由的。

勒克莱齐奥的理想国是个叫"坎波斯"的地方，这里居住着各个民族的人，他们说着各种语言，生活习惯和文化也不一样，人们之间没有贫富差异，没有阶级之分，没有尊贵卑微，没有体制内或体制外的分别，没有"主人"和"仆人"的说法，没有种族歧视，没有国家对国家的侵略，没有战争，没有掠夺，没有对手无寸铁的人的屠戮，没有奸商的残忍，没有贪官的欺诈，没有腐败与堕落……这里生活的人们，人人平等相处，共同努力做工，他们并不学习书本按图索骥，也不被各种政治的或意识形态的教条所束缚，而是生活在人性的自然里，人们崇尚人性之善，尊重道德真理，创造大众的自由。

当然了，《乌拉尼亚》并不是一部政治说教的书，而是小说。既然是小说，那么这部书就充满了丰富的想象，充满了故事性，也就具有了文学与艺术的价值。

在这部书里，勒克莱齐奥揭示了战争给人类带来的摧残，也写到了知识分子或学者们为争权夺利而进行尔虞我诈的争斗，揭露了社会对妇女的摧残蹂躏，对儿童的冷漠与欺凌，等等。通过这样的叙事，作者以善良的渴望，呼唤人类的善良和人性。看一看目前世界的现状，再读一读这本叫作《乌拉尼亚》的书，你就会发现勒克莱齐奥的创作是多么有价值。他的寓言式的叙事，为读者带来了心理安慰，带来了阅读的快感，带来了对人类社会走向的思索。当然，正如书里那个男孩子法埃尔所说：没有人可以预知未来。但勒克莱齐奥在这本书结尾时还是理直气壮地喊出了：我们对生活仍然怀抱希望，是，我们坚信，乌拉尼亚真的存在……

棒吧？这就是作家的伟大之处。

《乌拉尼亚》的每一章都值得细读，勒克莱齐奥散文般的叙事语言，有着一种空灵般的飘逸感，简洁却绝不简单，字里行间都充满了想象，充满了文字的张力。读着他的文字，你的心灵会默默地感觉到温暖，想象里，你也会对那个美丽的国度充满向往。因为，我们的生活里，或许还存在着肮脏与不公。

文学，与你有关

一、文学，面临挑战和机会

大家都知道，被报纸、电视等传媒爆炒过的许多文化现象，包括什么码字、日记、宝贝儿、感觉等，炒得人群情激动，很像小市上卖估衣的摊主，喷着口水叫卖旧衣服，也有叫卖"皇帝的新衣"的；被炒的人也喜气洋洋，暗自感叹终于得到了以文卖身的机会。我总感觉，这很像偷窥爱好者遇到了暴露爱好者，满足了双方的癖好。可过了些时候，大约双方都骗到了钱，便一起烟消云散，只给我们的文化留下了遗憾，甚至难以弥补的创伤。还有一种比较阴险的说法，有人写了文章，或者成为作家后说：我什么都干不了了，到处碰壁，觉得写作还行，我就写作了，还真成了。这么说，不仅仅是吹嘘自己，而且害人，使大家误以为文学作品都是什么都干不了的人弄出来的。

很小的时候，我家邻居有位智力障碍的人，他大约是什么都干不了，但他成年后，以为别人家挑水送水为生，靠力气养活自己。这个邻居留给我很深的记忆，他除了送水，别的都干不了，可他能以挑水养活自己。我以为，正常人若是连力气活都做不了了，就是废人。当然了，像社会、生活中的许多废弃物，也仍然可以拿来再生利用。譬如造纸，但这种纸，大约不能用于书写或印刷，更不能当成餐巾纸来擦嘴。这种东西，无论怎么改头换面，都是肮脏的。

文学作品承载着文化，这么随意说话的人，缺少责任心。我从来不否认有天才，但即使是天才，也一定有他自己的积累，没有任何事情会随随便便成功。如果文学作品是随便写出来的，那么，我们就找到了小说不好看的原因。

我从开始写作时，就认为：文学不仅是永恒的，而且与每一个人有关。人们在生活中，离不开对文学作品的阅读。改变的，只是阅读方式，或者说传播媒体。譬如互联网对传统文学存在方式和阅读方式的冲击。

在座的朋友们，都是文化人，所以大家都知道，文学的现状是怎么样的，我们的生活现状是怎么样的。文学的边缘化，使得文学的存在很羞涩，读书也一样。读书没有上网聊天、泡妞好玩，没有炒股票，做买卖，开店挣钱。这是修身和实惠两种完全不同的东西，是两个相对的概念。可以说，文学工作者面临着现实的挑战。虽然文学边缘了，但仍然需要有人在边缘为她坚持，否则，以后崩溃的可能不仅是文学了，我们文化也会出问题。

所以总有个问题在所有人的面前：你喜欢读书，书喜欢你吗？你爱文学，文学爱你吗？这是不是个很大的矛盾呢？我以为是。

面临这样的情况，我们怎么办？

其实，我对这个问题想过很久，也曾经对社会流行的争论话题，也就是"大众文学"和"小众文学"的论点，"边缘"和"普及"的论点，"纯文学"和"通俗文学"的论点，进行过分析，参考了各个国家的文学状况，最后我得出这样的结论：在任何一种制度的社会里，文学给人带来的感觉和结果都是一样的，无论这个文学是以口头形式传播，网络的形式传播，还是文字形式传播。

看看我们目前的文学作品，就会发现，重复自己与模仿别人的作品很多，有些作品仿佛就是双胞胎。难道这就是我们文学的骄傲吗？

我曾把文学比作魔鬼。

在咱们民间，流行一种说法，叫作"鬼打墙"，说的是一种虚构出来的现象。这个说法本身，就已经是小说了，小说在我们生活里无处不在。"鬼打墙"说的是，人夜里行走在荒凉的地方时，甚至是灯火辉煌的城市偏僻处，突然感觉到四周围都是墙壁，没有路，到处都是黑暗，无论你朝哪个方向走，都会有一堵墙挡在面前，铜墙铁壁一样在那里耸立着，你无法走出那种恐怖的氛围，只能孤零零地在那狭小的空间里徘徊。

当然，这仅仅是比喻。但我们也不能不承认，我们的民间文化中，蕴涵着十分丰富的想象力和虚构力，这样的想象力和虚构力，一旦出现在现实生活里，便足以改变我们的思维，威慑我们的精神，束缚了我们的手脚。而小说却恰恰需要想象，虚构和创新。

这个时候的文学，就像《天方夜谭》中"神灯"里的魔鬼，充满魔幻的力量！我们的文学需要"阿拉丁"。其实，"人打墙"，比"鬼打墙"要厉害得多。"鬼打墙"的现象白天没有，"人打墙"却不分白天黑夜，时时处处都会发生。文学遭遇"人打墙"，使本该创作自由的作家无奈，处处遭遇坚硬的阻力，不得不在原地打转，迈不出半步。"人打墙"，是文学没有起色的重要原因。

所以，我的感悟是：我们文学面临挑战的同时，也面临着机会。

二、广西文学的崛起

广西是个人杰地灵的地方，多民族聚居的特征，深厚了这里的文化。广西文学正在快速崛起，出现了许多有成就的作家。

我曾经在北海市生活过一年多，亲身感受了北部湾太阳的狠毒，当然也知道了白话是广西人的骄傲。

曾有朋友对我说：我们广西的白话，影响很大，广东话也是从白话发展起来的呢，你细听，就能听出粤语里有白话音。究竟是不是这样，我没有去研究，因为在我听来，广西话和广东话一样让我听不懂。不懂的东西，怎么研究呢？但是通过对文学作品的阅读，尤其是对中篇小说创作情况的了解，我对咱们广西的文化，还是有一知半解的。

你看，文学是不是很神奇。文学与音乐、美术承载的文化信息，为人类共享。所以，文学对每一个人来说，都是重要的。不能否认的是，我们的文学与西方文学的现状，存在着一定的差距。

著名作家，也是我的朋友徐强，前些时候给了我一个提纲，要我讲讲"近年中国中、短篇小说创作状况及有代表性的作家、作品介绍，小说创作的成就和存在的问题，中国小说创作的走势"。实话实说，我讲不了这些个宽泛而又高深的话题。为什么呢？因为我不是专门研究文学的专家，这些个话题是文学研究者，是大学教授，是文学评论家的工作范围。

我只能从一个编辑的角度，从我所看到的文学现象，我读到的作品，来说说我所知道的一些情况。

譬如：我对小说叙事的看法、对目前中篇小说创作的看法等。当然了，我也是个作家，也写一些小说、散文、评论等东西。但我这个人很没出息，爱好文学很多年了，也没做出一点成绩。

我常常对同事说，我们文学选刊的编辑，就是读者的秘书，我们所做的工作，就是先行阅读，为读者省下时间，使大家少花一些力气，就能读到好看的小说，使大家在繁忙生活里，多一点时间，去了解我们的小说现状。

我希望您能从我们的刊物，能从我的讲述中得到一点收获，对您的文学创作有所帮助，然后从我们广西，从我们桂林涌现出更多更好的作家，先全国作家之先，创作出更好的文学作品，成为我们家乡的骄傲。我们会一直关注着您的创作，随时准备着为您加油助威。

当然了，我也希望更多文学爱好者，订阅我们刊物。您可以在我们刊物上，看到最新最好的中篇小说。因为我们《北京文学·中篇小说月报》的办刊宗旨是：好看，权威，典藏。

对不起，这有点老王卖瓜了。

我曾经到过南宁、北海、钦州、防城等城市，独独没来过咱们桂林。为这件事，我很遗憾。全世界都知道"桂林山水甲天下"，这么美丽的城市，我才刚刚来，真的很遗憾。

我在广西生活的一年多时间里，看到了广西经济改革的现实，看到了广西美丽的景色。当然了，也看到了许多不尽如人意的事情。

譬如我在我的散文《银滩夜色》里写到的情景。但这些事情，在各地都存在，不是我们广西特有。在这篇散文中，我写了北海银滩的美丽，写了老街的古朴，写了小姐们的张扬，写了北海这个小渔村翻天覆地的变化，也写到了"合浦珠还"的故事。

在北海的时候，常与一位老师聊天。她听说我是作家，就喜欢与我拉拉家常。有一次她问我，你是作家？我说是。她说那你知道陈建功吗？

她这么问我的时候，眼睛直直地看着我，像在审问我一样，观察我的面部表情。我说梁老师啊，你看得我都不好意思了，我知道陈建功，他是我师哥。然后梁老师就笑了。她大约是看我认识陈建功，便说：陈建功是我们广西北海人，他是我们的骄傲。她说得很开心。

从那个时候开始，我就知道了，一个作家对于一个地区，或者说对他的家乡是多么重要。任何一位做出成绩的作家，人们都会记着他。因为他与家乡，有着血肉般的牵连，无论他在什么地方，无论他做出什么成绩，都是家乡的骄傲。

我们的编辑同行，《红豆》杂志的黄土路说："在我们家乡，我不是少数民族，汉族才是呢。"瞧瞧，这就是文化。其实，这就是小说了。这个黄土路，小说写得也是很有特色。或许正是有了这样自信的青年作家，咱们广西才不断地涌现出众多有成绩、有希望的作家。

　　说到了希望，就要说说李约热。这位作家，给我留下很深的印象。

　　李约热是位很有前途的青年作家，2005年的时候，我们选发了他的《涂满油漆的村庄》。他也因这部小说，获得我们刊物的"最具发展潜力新人奖"。这个奖项，是我们在2007年第二届"北京文学·中篇小说月报"奖的评奖会上，经我们社长提议，全体评委一致通过，专门为他设立的。这个李约热很不简单，大家看看我们的评委会成员就知道这个奖的含金量是多重了。

　　我们的评委会成员，都是国内文学界最具有影响力的顶尖人物，是鲁迅文学奖和茅盾文学奖的评委。所以李约热获得的不是简单的一个文学奖，而是文学界对他的承认。这也是广西文学界的光荣。

　　《涂满油漆的村庄》的获奖词这样说："李约热从乡村走出来，他不仅熟悉乡村的生活，更了解村民的内心世界，这使他在讲述乡村故事时总能发现别人未曾发现的东西。这篇小说跳出写乡村贫困和苦难的窠臼，让我们看到，贫困和苦难的乡村同样对精神和文化充满着向往，艺术同样会给乡村带来精神的愉悦。但小说通过加广村的村民们满怀期待迎接韦虎归来拍摄电影的故事，揭示出城市和乡村这两个精神世界的分裂和无法沟通。小说略带夸张的、富有想象力的情节与作者对乡村的崇敬和激情融为一体，将村庄涂满油漆这一带有寓言性的意象与对淳朴村民的现实性描写巧妙地拼贴在一起，表达了对现代性问题的质疑。"

在目前底层文学呼声甚高的时候，在小说题材相似，缺少叙事激情，情节雷同的情况下，李约热的作品，为作家的叙事形式和小说的表现形式提供了不同于一般的方法。他的生活经验，他对文学的理解，是他写作成功的重要原因。同时也是作家应该借鉴、思索的宝贵经验。

广西有很多出色的作家，像鬼子、东西、林白、张谦、锦璐、朱山坡、橙子、映川等，他们都写出过很好的小说、散文。可以说，广西作家的创作实力，不容小视。

还有两位广西作家，我也想在此说一说。

一位是咱们广西大学文化与传播学院的唐韧老师，另一位是广西崇左市的梁志玲。她们都是站在自己的生活角度，写了自己熟悉的人和事。因而，在阅读她们的小说的时候，感觉耳目一新。当然了，她们的小说不仅仅是题材新，才引起我们注意，文学内涵与小说承载的文化信息，也很丰厚。

这是两位完全不同的作家，具有典型意义。一位是大学教授，一位是经营报亭的普通人。

唐韧老师的中篇小说《六月里花儿香》，原发在《广西文学》2007年第3期，我们《北京文学·中篇小说月报》是第4期选发的。这部小说取材现实，叙事冷静，作品结构丰满，人物塑造很成功。尤其是对大学教授们与学生间的矛盾，处理得恰到好处。小说写得很智慧，借助学生的论文答辩，联系到社会存在的种种现象，往来自如，不急不躁，文学性很好。

作品揭示了眼下大学论文答辩中存在的问题，并由此延展到教授们的矛盾心理。暗示了扩大招生后学生质量的下降。虽然教授们发现了这样的问题，但在最后的答辩的关头，仍未能从严，而是网开一面。因为教授们考虑到，孩子们毕业后面临着找工作，生活比写篇论文，要艰难许多。

我想，在作品的美学层面，它的现实意义是显而易见的。

崇左市的梁志玲，也是位很会写小说的作家。她的《突然四十》，承载着一位中年女性的真实生活。有辛酸，有快乐，有痛苦，更有梦想的希望。当然不是所有的人都喜欢这样的作品，但是，你在读这部作品时，从它冷峻的叙事里，你可以读到对生命、生活的暖暖关注。

读这篇作品的时候，我的心，总是随着那送报纸的女人，一路上上坡下坡地疼。后来还看到过这位作家的散文，文字也很不错。在作家给我的一封信里，我知道了在我们选发了她的《突然四十》后，广西作协与她签约，当地文联领导，还把她安排到了一家文化单位工作，她离开了报刊亭，她能够较为专心地写作了。我为她高兴。也感谢广西文学界的领导，为一位作家所做的努力。从这件小事上可以看出，广西对文学的发展是十分重视的。

梁志玲的经历，总让我想起捷克作家博胡米尔·赫拉巴尔的经历。

这位捷克作家所经历的生命过程，本身就是一部厚重的文学著作。他直到四十九岁，才出版了自己的第一部书。但他的文学成就，不在他的同胞米兰·昆德拉的成就之下，甚至超过了后者。赫拉巴尔在废纸站做收废纸的工作时，写出了很好的小说，记得是《傍晚的布拉格》等小说。他们的作家协会，发现了他，及时地为他的创作提供了帮助。但废纸站的领导，却不允许他半天工作，半天写小说，非常及时地解雇了他。

三、叙事无个性，造成小说文学性的去势

下面，我从文学编辑的角度，谈一点对当前小说叙事的看法。

最近读稿有点累的感觉。小说单一的叙事，相似的内容，是产生视觉和思维障碍的重要原因。也是造成小说文学性去势的重要原因。文学是一种创造，小说则需要想象和虚构，这就是文学作品的艺术内涵。也是作家的倾诉激情对文学艺术的融入。但是现在似乎流行讲故事或者复述生活。我们知道，就一部小说的存在价值说，它可以流传长久，绝对不是因为它反映了生活的什么事实，而是它的艺术价值所在。

小说的骨架和血肉，是语言和想象，而语言和想象得

以实现的手段就是叙事。所以说，叙事方法非常重要。我不反对小说平实朴素的叙事，过于使用技巧的语言会使文本显得生硬，但千篇一律没有个性的叙事，却使小说失去想象的魅力。

我们看看那些文学名著，为什么它们能长久？就因为这些作品，挖掘了大众生活的深层内涵，心理的和人性的。即使是写贵族的作品，也一样挖掘了他们内心里的苦闷和快乐，描写他们的诡诈和矫情。譬如塞万提斯的《堂·吉诃德》，马尔克斯的《百年孤独》，胡安·鲁尔福的《佩德罗·巴拉莫》等，都是充满想象的作品。

我们也有非常好的文学作品传世，像《聊斋志异》，像《金瓶梅》《红楼梦》《水浒》《梼杌闲评》等。特别值得研究的是《聊斋志异》，这部书，应该说是一部庞大的小说宝库。它的叙事、故事、语言、结构无不精美。可是我们往往忽略了它的存在价值，认为它短，不够深厚，把它看成写鬼怪的东西。其实，你认真去读一读就会发现，蒲松龄的笔下是多么神奇。

我们当代的文学作品，对于艺术性的追求，似乎不再在乎，两个概念间有了缝隙，而且正在继续扩大。这种现象，给读者带来了阅读疲惫感。

你不能想象，一部几万字的中篇小说，仅仅写了一对夫妻的婚恋经过，详细到认识的第几天，上午或下午拉了手，又过了若干天，在什么地方，在女人不愿意的情况下，男人亲了她的脸。然后就这样一直写下去，直到结婚，小日子过得也不错。小说就结束了。而作品到底说些什么，读者没记住。因为你再看另一篇时，虽然这回是写婚外恋了，可故事也基本一样。

这样的作品，究竟有没有价值，好像不用评价的。

这里我想说说方方的中篇小说《出门寻死》。这部中篇小说的叙事很细腻，却十分感人。她的作品里，没有高大的形象，没有美女和高官，没有犯罪，只是描写了一位中年妇女的生存现状，她对生活的感觉和无奈，导致了她要出门寻死。但作家没有给我们的生活以失望，这位妇女在经过了许多心理的和行为的磨难后，终于与前来找她的丈夫一起回家。所以，叙事细腻的作品，只要符合作品要求，并非不可以。但没理由的细腻，就很让读者害怕。

四、创作中个人经验的重要性

20世纪80年代的小说，有许多好作品，也塑造了许多让读者记住的人物。像刘恒《伏羲伏羲》里的杨青天，《狗日的粮食》里的女人，李佩甫《无边无际的早晨》里的哑巴，莫言《红高粱》里的"我爷爷"，等等。这些作品不仅好看，还能使人过目不忘。为什么呢，因为这些作品里的人物，给读者很深的印象，你无法不记住他们。

现在值得阅读的小说也很多。曹征路的《那儿》记录了工业变革中工人阶级的惶惑、无助与这个阶级的被淡化；贾平凹的《艺术家韩起祥》则以近似实录的素材，塑造了一位民间艺术家；刘庆邦的《卧底》，以冷峻的叙事，直面小人物的悲哀和生存里的无奈，直抵人内心里的黑暗。故事看起来几近荒诞，却表达了作家的痛苦和焦虑；王旭烽的《柳浪闻莺》充满了中国传统文化的迷人内涵，一出现代情感悲剧，渗透着人世间的爱恨情仇，写尽了苏杭女子的妩媚；迟子建的《世界上所有的夜晚》以细腻语言，准确的情感叙事，探索人物内心的忧伤和脆弱，表达了女性的大悲悯。文本也非常完美；胡学文的《命案高悬》通过对乡村命案的追踪，揭开了乡村社会复杂混乱的现状；王瑞芸的《姑父》则让我们看到了反右时期的运动给人带来的伤害。

在这里我想强调的是，这些作品在题材上，叙事上，都是各具特色的，都是作家对生活思考以后的倾诉。所以这些作品能够受到读者的喜爱。

纳博科夫说过：我的作品里，不含有对社会的评价，不公然提出什么思想含义。它不提升人的精神品质，也不给人类指出一条正当的出路。但是在读他的小说时，总会感觉他的人物所经历的一切，都是人们熟悉，并乐于关注的生活。纳博科夫认为，小说对生活的干预，来自于读者对小说的感悟。这种精神感悟，从个体向群体弥漫。

大家都看过纳博科夫的《洛丽塔》，可还应该看看他的《微暗的火》《绝望》等其他作品。我曾和池莉有过一个关于纳博科夫的对话，池莉这样评价他：纳博科夫是一个非常冷静清醒客观的作家，他自然懂得文学作品首先是对个人产生重要意义，他也只愿意对读者个人负责。事实上，社会意义是在作品面世之后，由许多个人意义在一定时间里慢慢形成的，那已经不是作家的事情了，也绝对不由作家掌控。因此，一个作家如果看重和张扬作品的社会意义，那么，其不是糊涂就是幼稚、不是媚雅就是媚俗。

说到这里，我仍然想说说咱们刚才提到的捷克作家赫拉巴尔。

赫拉巴尔从小不爱学习，脑子里充满了幻想，后来按照家人的希望，考进了一所大学学法律，最终获得了法学博士的学位。他后来的生活经历，却很艰辛。他在钢铁厂做过工，在废品站收过废品，还做过很多种工作。他在小说《过于喧嚣的孤独》里开篇写道：三十五年了，我置身在废纸堆中，这是我的爱情故事。三十五年了，我用压力机处理废纸和书籍，三十五中我的身上蹭满了文字，俨然成了一本百科词典——在此期间我用压力机处理掉的这类词典无疑已有三吨重，我成了一只盛满活水和死水的坛子，稍微一倾斜，许多蛮不错的想法便会流淌出来，我的学识是在无意中获得的，实际上我很难分辨哪些思想属于我本人，来自我自己的大脑，哪些来自书本，因此，三十五年来我同自己、同周围的世界和谐，因为我读书的时候，实际上不是读而是把美丽的词句含在嘴里，嗑糖果似的嗑着，品烈性酒似的一小口一小口地呷着，直到那词句像酒精一样溶解在我的身体里，不仅渗透我的大脑和心灵，而且在我的血管中奔腾，冲击到我每根血管的末梢。

然后，他在以后的段落里，不断地重复这一概念。

我为什么要刻意读一读他的这段话呢？因为我感觉到，这是作家在借小说人物，述说他自己的生活积累。也就是想说说，我们现在许多吐字机器一样出品小说的作家，有过这样深厚的积累吗？

所以，作家的笔，在书写故事时，一定要包含多一些的生活经验。人性的多样化和人存在的复杂性，一定会使文本产生更多的表现形式。否则，就缺少阅读价值。因为我们的生活本身就是复杂的，有许多东西，大众是不知道的。那么，文学的深层探讨，或许对此会有更好的表现空间。

譬如王安忆的长篇小说《启蒙时代》，杨显惠的长篇小说《夹边沟记事》和《定西孤儿院记事》等。还有一些翻译作品，也是值得阅读和研究的，如俄罗斯作家巴别尔的短篇小说集《敖德萨故事》，波利亚科夫的《羊奶煮羊羔》，美国作家胡赛尼的《灿烂千阳》，罗马尼亚作家马内阿的《黑信封》，英国作家拉什迪的《午夜的孩子》等。

这些作品，不仅仅艺术性好，对生活开掘也深刻，蕴涵着丰厚的文化，读一读对我们的文学创作，是有好处的。

我们很多小说的叙事，流于表面，复印机一样复制着生活表层现象，几乎没有对人的，人性的，生活的立体探索。这样的小说，真的像一张纸那么薄，没有厚度。这就是让读者失望的原因，因为一个发生于生活表面的故事，与读者自己的经历相似，与他看到的现实生活相似，他看不到新东西，看不到可借鉴的生活经验，看不到生活的千差万别，也就是说，读者看不到文字后面的东西。

譬如说，有人遇到了烦心委屈的事，想流泪，想读一点什么作品找找感觉，可是到哪里去找？到处都是写偷情、写网恋，写农民进城打工，遭遇困难，处在生死边缘的时候，遇到了一个有钱的富婆，然后他就进了她的大公司里做副总，当然也进了她的闺房，抱着富婆，睡在了那张他见都没见过的床上。

哪里有这样的好事？但在很多小说里，都有这样的情节，或近似的情节。

我以为，写出这种故事的作家，一定是天天做着邂逅美女富婆的白日梦。要不他怎么会编出如此荒唐的故事呢？真不如去读《窦娥冤》《小白菜》，去读《滕大伊鬼断家私》，去读《悲惨世界》《汤姆叔叔的小屋》《愤怒的葡萄》等书更能看到真实。喜欢读快乐的作品也是一样的，很难在当代作品里找到可笑的、幽默的情节。

五、什么是小说的艺术性

有位朋友曾对我说起过一个概念，他说，小说的艺术性，就像跳芭蕾舞。我以为，这么说，很形象。说起这个，大家可以想到，只要人的身体柔韧性好，大约都可以跳一跳舞，什么华尔兹、伦巴、探戈等。还可以抱在一起晃悠身体，也叫跳舞。据说，这么跳舞是从布鲁斯舞演变而来。这种只晃悠身体的舞，为大众的参与，提供了全方位的支持。很像网络为大众提供的打字写作。但芭蕾舞却不是谁都可以跳的。这个芭蕾舞需要用脚尖托起舞蹈的艺术功力。我想，把这个转移到文学里，就是艺术与非艺术的区别所在了。如果这个芭蕾舞能够移动到钢丝上去表演，那么，就是最高的境界了。文学也一样。

可是，我们看到的一些中篇小说，常常缺少的正是这个直立着的脚尖。

我曾和陈建功谈到过文学作品里的细节问题。那是我们围绕台湾作家王鼎钧的作品《红头绳》的一次对话。那篇作品很短很短，却具有很好的文学品质。作品写了几个人物，校长，老师，春情萌动的孩子，连那口被埋葬的大铜钟，个个活灵活现，不仅充满了抗日的正义，也写出了我们被日本侵略时的民族悲伤。作品语言极其简洁，却充满了细节。我以为，这样的作品，就是文学的高端。

有些文学作品，对正在发生的事情，或者说真实生活，几乎没有介入，或说没有察觉。也许正是这种看似无碍宏大叙事的细微偏差，使当代文学作品遭遇了逐渐的边缘化和被边缘化。这种被边缘化事实的产生，与广大读者对文学的情感投入的降低，没有任何直接的责任。你不关注我的存在，不关注我的酸甜苦辣，我凭什么还要爱你？

对于目前的文学现状，说法不一，有说"文学已死"的，有说"中国文学是垃圾"的。这个论点，不仅仅是针对我们中国文学。其实在世界范围内，所有的文学观点都一样，文学面临的社会情况都差不多。

大家都知道，互联网对文学的存在，冲击很大。它把文学作品的获得，阅读，变得简单而又廉价。甚至用浏览替代了阅读的本意。大家想一想，当"阅读"变为"浏览"时，读书还有什么意义吗？

有一年年初的时候，我参加了一个由英国大使馆文化处举办的中英出版交流会。从那个会上我得知，英国作家与我们面临着同样的问题。但英国作家们，很懂得利用网络，他们把网络当成推荐自己作品，联络出版商的手段。而我们的作家似乎还没有做到这一点。

有个叫乔利斯·米勒的美国文学评论家，写过一本《文学死了吗》的书，对目前有关文学存在的各种现象，做出了细致的分析。

这本书告诉我们：虽然文学被边缘化，虽然网络浏览很方便，但是人们的阅读兴趣丝毫没降低。因为文学所承载的是人的回忆，是对现实的干预、理解或问责，以及人们对未来的梦想。只要我们还会做梦，那么，文学就不会死亡，文学作品饱含着人的心灵苦乐。所以，纯文学根本不可能终结，小说却未必。

但说实话，我们的文学确实处在一种十分尴尬的状况中，尤其是前些年更严重，这从文学期刊的存在状态可以得出结论。前些年是文学能不能继续存在的问题，几乎没人读书了。一个拥有十几亿人口的国家，出版一本文学书籍仅仅印刷两三千册，甚至更少。能够印刷五千册就是多的了，出版社和作家都很高兴。可是，想一想，我们各地的图书馆和大学、高中，加起来也要比这多得的多吧？

现在好多了，虽仍然不能使人满意，仍然不能与20世纪文学兴旺期相比，毕竟有了很宽泛的存在空间，仍然充满了希望。

文学作品，如果没有关于人的，人性存在的探索，仅仅是一堆文字而已。这是不是我们应该思考的问题呢？我以为是。

文学创作与生活

　　凡是爱好文学的人，无论是爱好阅读，还是爱好创作，必是思维活跃，讲求自我修养，人性善良的人。生活，对于爱好文学创作的人来讲，他的生命经历与不写作的人，是绝不一样的体验。文学创作这个行当，不同于其他任何行当，她不可以懈怠，不可以敷衍，就像任性的姑娘，矫情而妩媚，你必得全身心地爱她，倾注你的激情和灵性，与她融为一体。任何一部文学作品，只能来自作家个体对生活的感悟，是生命历练后的提纯。所以，传递人性善良、理性与自由的作家，他们所创作的作品，才有文学价值，也是作家生命的、精神的高尚和高贵。

　　这里说的文学，指纯粹的文学艺术，指严肃的文学作品，不包括流行和商业化的通俗作品，也不包括政治化的宣传品。

严肃的文学创作，永远是个体行为，好的，能够流传久远的文学作品，无论是小说、诗歌、散文或者其他体裁的作品，一定来自作家对生活，对社会，对自身存在生活的感悟，还有对社会状况的思索。这是作家思想的结晶。幸运或者平淡，坎坷或者顺利，任何一个生命，在其或长或短的生活过程里，都会发生许多刻骨铭心的事情，许多无法预知的矛盾。把这些真实的，存在中独特的，难分难解的矛盾，具有典型性的，或普遍意义的人或事物，变成文字，写成文章，才能称为文学作品。

因此我们说，好的文学作品，是作家生活的宝贵经验。我想分三个方面与大家分享对文学创作的理解。

这中间会穿插一些对文学作品的解析，希望大家能够从中得到有益的信息，写出好的文学作品。

一、文学作品的基本概念

文学创作是快乐的事，也是郁闷的事。成功发表了作品，有名有利，对任何人来说，都是大欢喜。作品写完了，却不能发表，于是就郁闷了，甚至埋怨，骂人，骂编辑势利眼，没水平，不识货。我们可能都经历过这样的阶段。

我想对大家说，文学的大门永远敞开着，没有守门的人，也没有看门的狗，能否走进去，怎样走进去，完全是写作者自己的事。

　　每一位作家，每一位热爱文学创作的人，都是有才华的特殊人才，不能想象，没有一点才气的人能够写出好的文学作品。当然了，仅仅有才气也不行，要想创作出好的文学作品，还需要我们对个体素质的修养，对知识的攫取，对写作的锤炼，最重要的是对生命的尊重，对生活的爱。

　　写作是个体自觉自愿的事情，没人逼迫我们去写作，也没人能替代我们写作，你喜欢文学，希望用文学作品的方式，赞颂生活中的美德，善良和平等，宣扬生命的存在价值，希望用自己的文字，去温暖其他个体。仅此而已。

　　要做一个文学的人，一个作家，这是必须的过程，可能会顺畅，也可能充满了苦闷，徘徊，坎坷，甚至是痛苦，会有许多次的失败，将你逼入孤独的环境里。

　　但是，当你在这样的氛围中坚持着，成功就已经离你不远了。

　　要走到这个地步，每一位写作者，需要不断地在生活中寻找对文学的感悟，找到与文学相通的路，然后，你才能成为一个文学的符号，一位真正的作家。

　　达到这样的目标，并不容易。由于电脑的出现，写文章方便了。也就使更多的人挤上了写作的路。在这同时，文学作品和书籍对人的影响正在日渐衰微，读书的人越来越少，看手机，转发微信的人越来越多，许多人，沉迷于转发垃圾信息，吃个饭，炒个菜，给狗或猫拍个照片，都要发到网上，还有什么"我就想看看谁帮我转，有一个朋友帮转，我就知足"。从早到晚地干，很多很多人在这样干。

我想说，有这么多的时间，你干吗不认真地读一本书呢？

另一方面，出书人越来越多。

这是个奇怪的现象，人们一方面不断地印刷书籍，另一方面却在远离书籍；一方面得意地标榜自己是作家，另一方面却对作家破口大骂。骂什么呢？"什么狗屁东西，这样的玩意儿也叫文学？也能获得重要的文学奖？这不是糟蹋纸张，糟蹋人的时间，误人子弟吗？"

有人说这是嫉妒人家得奖，我说不是，我认为敢这么说话的人，具有一颗正直的心，是真爱文学。

如今，作家这个行当已经不再纯洁了！文学正在成为一个柔弱的女子，被一些人用作升官发财获取名利的工具。

我可以负责任地说，不是能用毛笔写几个大字的人就是书法家；不是会写文章的人都能够称为作家，不是所有的文章都能划归到文学的范畴。一位作家，无论贫富，作品多少，他的精神品质一定是高贵的！

那么，作家写出什么样的作品，才能算是好的文学作品呢？

第一是人文关注

我们都知道，小说大概由四个方面组成，故事，人物，情节，细节。但要使这四点完美地结合在一起成为小说，并具有了文学价值，必须得靠叙事和语言。陈旧的语言和平淡的叙事，无法提升小说文本的质量。

以我读书，创作，做文学编辑的经验和对文学理解等方面看，无论是散文、诗歌还是小说，首先它必须具备对人类社会的人文关注，关注人的生存状况，关注人性的多样和不稳定性。褒扬人的个性特征，即自由和平等，尊重人的独立的、理性的思考，关注人的精神生活等。作家的这些关注点，应该包括对善良与邪恶，美丽与丑陋，普通人与特殊人，弱者和强者等矛盾体的反差与碰撞，要挖掘出这些矛盾后面深藏着的，属于人性的东西，还要能够通过这样的矛盾，提出生命存在的问题，譬如：个体生活里的如意和失望，美德与败德，真诚与奸诈等，让读者能够通过你的作品，主动思考这是为什么！这是不是正常的生活现象！

也就是说，我们创作的每一部作品中的人物，他的人性特征，必得具有文学的广袤性的内涵，而不仅仅是一个生活插曲，一次简单的活动，也不是仅把文字罗列起来的那种文章，更不是像复印机似的转述生活的表层现象。

作家塑造出来的人物，必须得具备大众中的典型性。譬如现代文学中郁达夫的小说《春风沉醉的晚上》里的烟厂女工陈二妹，《她是一个弱女子》里的大学生郑秀岳，鲁迅小说塑造的农民阿Q和祥林嫂，老舍笔下的车夫祥子和虎妞，捷克作家哈谢克塑造出的普通士兵帅克，法国作家左拉塑造的妓女娜娜，西班牙作家塞万提斯塑造的准骑士堂·吉诃德和他的仆人桑丘。当代文学中的迟子建的《布基兰小站的腊八夜》《起舞》等，刘恒塑造的"贫嘴张大民"，王安忆的《骄傲的皮匠》，方方的《出门寻死》，曹征路的《那儿》，陈谦的《特蕾莎的流氓犯》，等等。这些作品中的文学形象，都是极其普通的小人物，通过文学作品的塑造，他们得以传世不朽。当然了，这些作品都是非常好的作品，这些作家的文学成就，不是任何人都能做到的，但我们应该记住这些作家和作品，他们是我们文学创作者的榜样，我们笔下的人物，也应该是普通大众中的一员，他的生活应该具有典型的代表意义，所有的作家都应该向这个高度努力。有些作品，我后面还会讲到。

第二是细节

这里所说的细节，得具备对事物独特、准确的观察，找到具有表现生活、生命的独具代表意义的素材，也就是真实的生活细节，再用自己的，请注意，是要用自己的语言和文字把它叙述出来。

譬如墨西哥著名作家胡安·鲁尔福的小说《佩德罗·巴拉莫》里的一段话：

歌是用假嗓子唱的，唱歌的人仿佛是妇女。

> 我看见走过几辆牛车，拉车的几头公牛慢悠
> 悠地走着。石块在车轮下发出咯吱咯吱的声音，
> 车上的人好像在睡觉……每天清晨，牛车一来，
> 村庄就颤动起来。

多精彩。短短几句话，就把村庄清晨的灵动写出来。
看到这样的小说开头，谁能想象到这是在描绘一个鬼魂返
回了家乡呢？这部书，就是拉丁美洲魔幻现实主义的首
创，它引发了拉美魔幻现实主义文学创作的爆发。写出了
《百年孤独》的作家马尔克斯，也对这位胡安·鲁尔福充
满了敬意。

我们再看捷克作家赫拉巴尔的叙事，他在《1947年布
拉格的儿童》里写道：

> 她用抹布擦瓷砖，一对乳房轻轻晃动。四名
> 保险工作者，支持老年人协会的代表们，都盯着
> 她的领口。

我以为这些就是小说的细节。语言既有张力，又充
满梦幻一般的情景。赫拉巴尔所描写的情景，大约不必
对那个妇女和身边的几个官员再做什么描写，"一对乳房
轻轻晃动"，他们"都盯着她的领口"，任何一位读者，
都可以想象到她大约的外表，还有她身边的人，当时是什

么样子。

好的小说作品，必得有翔实的细节支持。

小说的故事可以虚构，但细节必须真实。

第三是典型性

每一位进行文学创作的人，应该尽可能多地读书，不断地丰富头脑，增加知识内存，帮助自己的想象力膨胀，锤炼自己触类旁通的本事，若能做到博览群书更好；在现实生活里，作家和所有人一样，仅仅是一个单独的个体。可在他进行创作时，除了他的心灵仍在孤独不安地躁动外，他一定得是一个多棱镜，具有钻石般的品质，能够真实地反映出一个个具有不同性格特征的人物，同时这个人物还应该具有代表性。具体地说，这个人物不是作家自己，虽然有许多用第一人称叙事的作品，但故事里的人物应该有各自的生活，包括他的心灵、语言、行为、外表等人物所应具备的特征。

第四要自信

既然热爱文学创作，就一定要有在这个行当里做出成绩的雄心壮志，或者说是野心。要相信自己的创造力，相信自己能够成为一个好作家。要做到让自己的灵性躁动，甚至狂野，这同时得让自己的笔沉稳，在生活里要安于寂寞，安于孤独。最重要的是，要保持自己思想的独立性和对自由的追求，发现生活理解生活。只有这样，你写出的作品，才会具备独特的品质。

　　我记得日本的文学巨擘芥川龙之介说过这样一句话，大概意思，原话记不住了：想要为文者，以其自身为耻辱，是罪恶，在以自身为耻辱的心灵上，什么独创的萌芽也没生长过。

　　所以说，热爱文学创作的人，得相信自己，相信自己的创造力，不被任何东西束缚，按照自己对生活的理解，写出你希望生活模式的作品。

　　第五理性

　　要清楚地认知，文学作品不是新闻报道，不是为谁去歌功颂德，也不是发泄个体私愤，更不是生活的复印机，真正的文学作品，只能是从属人性，从属民族文化。它从写作者个人的心灵出发，走向另外一个又一个心灵，去探索人性的高贵与卑贱，去描绘人们所共同经历着的酸甜苦辣，扬善弃恶，为弱者遭受的不公发声，揭露强者非人性的霸道言行，试图寻找人类生命存在中平等的理想模式，使自己的文章充满温度。也就是我们前面说到的：人文关注。

　　前几年，湖北一位叫活石的作家，写了个中篇小说《宝贝》……

　　还有一部中篇小说《那儿》，作者曹征路是位大学教授，是厦门大学还是深圳大学我记不清了。作品写了改革开放初期，东北工业的转向，所有的国家企业，都在一瞬间变成了私人拥有的资产。几乎所有的工人都下岗了，曾经支撑我们工业的大东北，一下子成为最贫困的地方。工人和他们的家属，都在这突然来临的状况面前，手足无措。

难道我们的文学不应该问个为什么吗？好的小说，或者说文学作品，应该记述真实的历史。

第六文学就是生活

在文学与生活之间是什么关系，大家都知道，小说是虚构的艺术，但却不是无中生有，胡编乱造，它应该依据生活现象来反映生活的真实，尤其当历史不告诉大众真相，遮头掩面躲躲藏藏地用文字演绎时，小说应该比历史更真实，小说的所有细节，都应该记载历史的真实。就像我们读《金瓶梅》《聊斋志异》《红楼梦》时一样，可以通过书中的描写，看到明清时期普通人的生活场景。

我以为，文学就是生活，它们中间唯一的存在关系，应该是，也仅仅是：良心！作家的良心！

发现和呼唤良心，是文学和作家的终极目的。

这是写出好作品，成为真正作家的最基本的几个要点。

二、我的创作经历和编辑经验

我与大家一样，也曾是个文学青年，没有家族背景，也没有学院背景，仅仅是爱好文学创作。那时候，总是梦想自己也能写出小说和散文，刊登在杂志、报纸上，出版一本写着自己名字的书。但那个时候，这真的是个梦想，我根本不知道它会不会变为现实。后来我写出了小说、散文、诗歌等文学作品，我才相信，这不仅仅是个梦。因为我坚持了这个梦想，相信它一定会变为现实。我每天都想，无论发生怎样的困难，我都坚持着，不让梦想破灭。

但当时的情况是什么样呢？徘徊，孤独，忍受着来自亲朋好友的冷嘲热讽。当时，我既盼着邮递员来送信，又怕他们来送信。为什么呢？常常的，邮递员一喊我的名字，我跑出去拿信的时候，邻居们嘲讽的话语就会在我耳边响起。那时我住在胡同里，邻居们彼此亲近得像一家人。不像现在住楼房，门对门的邻居都是老死不相往来，有的在一起住了许多年，彼此还不认识。邻居们常常用嘲弄的眼神，微笑着目睹我从邮递员手里接过厚厚的信封，他们知道那是退稿信。我清楚地记得，有一回这嘲讽来自我的父亲，他老人家对身旁的人说：瞧瞧，又退回来了。干点什么不好，瞎耽误工夫！失败连接着失败，退稿信一封接着一封，有时候稿子寄出去就如泥牛入海，根本得不到一丁点信息，人家刊物和各位编辑懒得理你。

我年轻时修过十年马路，后来调到一家铁工厂的生产科。1977年恢复高考时，我曾经以二百七十分的成绩，考入北京师范大学，但当时所在单位的领导，想方设法阻止了我去上大学。也就是从那时开始，我走上了自学的路。那时候，我只有一个想法，就是坚信天生我才必有用，我要找到实现自我的路。这是我开始文学创作的最初想法。

　　在这里我要说，一位好的文学编辑，他一定会发现和成就一个作家的。

　　我的第一次投稿，便遇到了这样一位好编辑。遗憾的是，我至今不知道这位编辑是谁。但我将他（她）深深地记在我心里，终生不会忘记的。

　　我写出的第一篇小说题目叫《雨夜》，六千多字。故事说的是一对年轻的夫妇，在生活的路上努力向前。我把它投给了《北京文学》。这篇小说没有发表，后来也没有发表，直到现在，这篇小说仍然没有发表。为什么？我想保留它的原貌，用以鞭策我的创作，鞭策我在做编辑时对投稿人的态度。小说寄出去大约一个多月，我接到了第一封退稿信。用钢笔写的退稿信，当时的我受宠若惊。信这样写道：

　　　　大作拜读了，感谢您的支持，现将稿件寄还
　　给您。这篇作品故事还好，语言，叙事也通顺，
　　但距离发表的水平还相差很远。您具备编故事的
　　才能，坚持下去，一定会写出好作品。

　　就是这封退稿信，支持着我走上了文学之路，并成为一个作家。当然了，接下来我又投了许多稿，有将稿子退给我的编辑和刊物，也有根本不理我的编辑和刊物。但再也没有哪位编辑用笔给我写一封完整的退稿信。

我到《北京文学》做编辑时，曾将这封退稿信拿给社长看，希望她凭着信上的笔迹，帮我找到这位编辑，我也好谢谢恩师。可没找到。

我第一篇小说是1988年发表的。那年，北京作家协会主办了一个文学函授班，《北京文学》杂志社也参与协办，招收作品已具备发表或接近发表水平的文学爱好者，学期一年，收费一百三十元。那时我刚刚开始学习写作不久，自认为是文学的追随者。此前，虽然买了好些本稿纸，准备了好钢笔，非常认真地写了几篇小说。现在看，那几篇东西，虽然写了生活，却没能从生活表层深入，开掘出有文学价值的内涵，非常幼稚。当时我还是蛮得意，常把这几个小东西放在书包里，借征询意见的机会，拿给朋友们看，其实呢，是炫耀自己会写小说了。写出来的文章，究竟是不是小说，根本不知道。工厂里有许多文学爱好者，我们常在工闲时交流对文学的感悟，学习写作技巧。可大家水平差不多，对文学创作的提高，帮助不大。

1987年底，我在晚报上看到了北京作协举办文学函授班的消息，便赶紧报名，寄去了我的小说稿《躁动》和《酸三色》。后来，这两篇小说都发表了。转过年年初的开班典礼，我第一次走进了北京作协，第一次见到了许多大作家。在会上，作家们对文学现状，对文学创作的阐释，使我对文学有了新的认识。

几天后，函授班在燕山石化公司组办面授讲课。那次面授课的老师是著名作家陈建功和韩少华。这次面授课讲评学员稿子时，我的短篇小说《躁动》，被分配给韩少华老师审读。让我没想到的是，韩少华老师在面授时，拿出了一个上午的时间，朗诵并为学员们解析了我的短篇小说《躁动》，还特别推荐给《北京文学》发表。陈建功、汪曾祺、李陀、傅雅雯等老师对我的小说也表示了肯定。两个月后，小说刊发在《北京文学》1988年第4期。由此，我的文字有了铅印的模样。《躁动》，也成为我的处女作。作品发表时，韩少华老师还特意为我写了评论，客观地评价了我小说的文学价值。韩少华老师对我的提携和帮助，我至今深深地铭记在心，更记住了作协那期函授班。

　　说这件事，不是要说我在当时的学员里有多么出色，第一个脱颖而出，而是想说说一个爱好文学创作的人，是怎么走上文学创作之路的。我的经历告诉我，自己从事文学创作和后来做文学编辑的工作，可以说从开始到现在，便与北京作协和《北京文学》有着不解之缘。假如没有那封退稿信，假如我没参加那次北京作协的文学函授班，真正地接触文学，那么，现在我可能仍然是个文学爱好者，仍然孤独地徘徊在文学边缘，也不会成为文学期刊的编辑真正地从事文学出版工作。

　　我不是一个幸运者，在文学创作的路上，我步步坎坷，走过的路上，遍布努力与刻苦的痕迹，是与命运搏击的经历。小说《躁动》发表后，我非常兴奋，一口气又写了，也发表了几个中短篇小说。并得到了著名文学评论家雷达老师的关注，他通过刊物编辑找到我，把我邀到他家，询问了我的创作情况，并鼓励我说，你的路子对，起点高，坚持写下去，一定会有好的成绩和收获。至今我仍把雷达老师的鼓励，作为我文学创作的动力。

发表了几篇小说后，我以为，我会一直这么写下去，写出好作品，在文学创作上取得进步和成绩。然而，我病了，1990年初夏，突然的，没有任何原因地病倒了。瞬间爆发的颈椎病，恶魔般笼罩了我的生命。颈椎病严重到脖子不能支撑住脑袋，必须要用双手从两侧托着腮帮，才能使脑袋直立在脖子上。病中的我，高烧四十多度，头和颈椎疼痛难忍，必须用一根毛巾睡衣的带子，紧紧勒在脑袋上以减轻疼痛。身体的任何部位动都不能动，躺着也不行，颈椎不能承受一点点弯曲，生活根本无法自理。一连几十天，我昼夜坐在两个单人沙发对接成的小小空间里，周围塞满棉被和枕头固定身体。我整天整夜忍受着剧痛，感受命运的霸道。身体强壮的我，急速消瘦下去。看着蜷缩成一团的我，母亲和妻子整天泪流满面。发烧和颈椎疼痛的折磨，摧垮了我的身体，甚至摧垮了我们全家的生活。这件事，我没对外人说起过，因为我不愿意我的朋友们得知我的病情，每个人都有忙不完的事情，我不愿意让他们分担我个体的痛苦。

今天我把这件事说出来，是因为它已经过去了三十年，只留在我生命的路上。我一直以为，一个男人，无论从事什么工作，首先应该自尊自信自强，尤其是从事文学写作的人，可以张扬个性，却不能靠随时随地诉说自己的困难和痛苦来乞求别人同情。因自己对名对利的欲望，虚构，甚至大肆张扬自己生活艰难的假象，屈膝赚取人们的怜悯，绝不是自己的聪明，一定是精神卑贱和人性堕落。

　　我的颈椎在一个早晨，突然不疼了。与发病时一样，没有任何缘由，没有任何前兆。我自己离开了那两个陪伴了我三个多月的小沙发。我重新站立起来，伸了伸胳膊，夸张地跺跺双脚，蹦了蹦。不疼，颈椎一点都不疼了。可病好了以后，却再也无法写作。因为只要我一把双手搁在桌子上，拿起钢笔做写字状，就感觉脖子和后脊梁有股阴森森的凉气上下迂回，肩部和后半片身子麻木僵硬。是精神的原因还是身体的故障，我至今也没弄明白。想写点什么，却不能写，更不敢写，瘫痪病魔的威胁，实在是太恐怖了。从那时，我就清楚地意识到：我们人的肉身，根本无法与病魔抗争。我的文学创作刚刚起步，就不得不中断了。可恶的颈椎病，把我从文学创作中，剥离开来。为了生活，我妥协于病魔的霸道，不敢伏案写作了。

　　这一停，便是十年。这十年间，我除了应北京城市出版社之约，写了一本题为《好女人有才也有德》的小薄书外，几乎没写下一篇小说或散文，也与文学界的朋友和老师彻底断了联系。

爱好文学创作却不能写，是十分痛苦的事。可是我离不开文学，我活该是文学的人，活该得为文学，遍尝人生的酸甜苦辣，创作的冲动，一直纠缠着我，不肯离开一步。

但是我也因祸得福，不敢写作的日子里，我有了读书的时间，在那段时间里，我阅读了大量与文学有关的书籍。《百年孤独》《胡莉娅姨妈与作家》《第二十二条军规》《亨利·米勒全集》等书，都是那个时候读到的。也因此有了较深厚的知识积累。

我想说的是，作为一个写作的人，要自信，要坚韧，要有霸气，要有一条道走到黑的固执，要有撞塌南墙的决心。

因为除了这些，你什么都没有，没有亲朋好友的支持，没有在文学行里工作的同学、师兄师姐的帮助，只能靠你自己努力向前走，埋头文学之中，去认真努力地写作。不要抱怨，不要气馁，不要灰心，不要停下脚步，不要向任何人屈膝。保守着你精神的坚持，成功一定会属于你。

1997年，我买了一台电脑，这个高科技产品，使我不必趴在桌子上写作，它解放了我的身体。重新开始写作后，我创作发表了《性本善》《漂浮在河中心的灯光》《另一层皮》《大雪天》《我是什么东西》《通宵明亮的小屋》《笸箩婆》《酸三色》等中短篇小说；《屠鸽》

《麻雀劫》《银滩夜色》《青春童话》《路无坦途天行
健》《悲哀的崇高》《闻老师和白菜头》等散文，其中
《名人的名誉》被选入《全球100名人与中学生谈名利》一
书；还有《质朴出神的叙事——读迟子建〈布基兰小站的
腊八夜〉》《最近读稿有点累》《〈启蒙时代〉的青春内
幕——读王安忆长篇小说〈启蒙时代〉》等文学评论；以
及诗歌、报告文学等作品；在"桂林百姓大讲坛"和桂林
高等师范分别作了《文学，与你有关》的文学讲座，并被
聘请为该校客座教授。陆续出版了长篇小说《生活π》；
中篇小说集《众神的微笑》；编著了《中国现当代文学大
师与名家丛书·王蒙卷》，还与朋友一起编著出版了记忆
丛书《思痛母亲》《我们曾经是动物》《那个年代中的我
们》等书。我的诗歌多次被收入诗歌年选。

我始终认为，文学创作是一项严肃的事，是作家对
生活感悟的倾诉，是对邪恶权势、丑陋行为的揭露鞭挞，
是对人性善的赞美，只有这样的作品，才是纯洁的，崇高
的，并一直在默默地追求着。

从事文学创作，是作家存在的崇高，是值得人们尊敬
的一种事业。没有作家和文学爱好者的不舍追求，民族的
文化必将日益颓败。这个"不舍追求"是对人生命存在的
探索。

譬如美国作家惠特曼的诗歌《草叶集》、黎巴嫩作
家纪伯伦的小说《被折断的翅膀》和散文等，我们的《聊

斋志异》《金瓶梅》《红楼梦》，还有历朝历代的笔记小说等，都是传世不朽的作品。作家的职责，就是描绘、丰富、延传民族文化。好的文学作品，必得追求"善良"和"人性"的主题。

要写出这样的文学作品，必须是作家用心灵去体味感知人群的所想所盼是什么。

三、小说，散文，诗歌的写作，及其怎么给文学刊物投稿

人们常说，文学作品是生活的反映。这话很对，但作品怎么反映生活，却是十分重要的问题。写作者必须记住，你不是生活的录像机，你应该是一位思维敏捷，视角独特，充满智慧，又很吝啬的编导。一篇具备文学性的作品，必得剪掉大量的生活过程，只留下精彩的生活片段，并有充实的细节来丰满它。

那么小说、散文和诗歌是怎么取材和构思的呢？

我想用我的作品为例，这样比解析别的作品更直观更清楚些。

先说诗歌吧。我的《秋天的梦》写于2011年秋天，写好后，我没有向文学刊物投稿，只把它贴在我的博客上，后来有人把它拿去，编入了诗歌年选。由此可见它是有文学价值的。

树叶黄了/比秋天来得早/太阳张扬着光和亮/

却有冷风狂飙/不停地吹打他们/冰凉的雨/反反复复地浸淫/大地/树瑟缩枝丫/叶也颤抖被生命的传说/逼迫着/改变自己的颜色

　　长城边/铁篱笆割断田野/勾画出秋天的梦想/女人蜷坐树下/手托双颊/黝黑的脸仰望/树叶微黄/密林里/一个撅着的屁股/颠簸着善良和柔弱/把头伸向果园深处/固执地寻找/被传说了许久的童话

　　小溪在远处扭动/瘦弱地挣扎/湖泊黏稠着厚了/喘息晃荡/芦苇霸占空气和湿润/蓬松着顶戴花翎/身材高挑/在所有空间中/摇头晃脑地笑/树叶黄了/比这个秋天来得早

　　祈盼丰收/可树叶黄了/比秋天来得更早/被阳光照射的果子/红了嬉皮笑脸/周围/更多的果实/瘦小青涩/黄树叶/比这个秋天/来得更早/微风吹过/温暖只在梦里/唰啦啦地闹

　　钢筋水泥铸造成/天棚/高大威武漂亮/钢化玻璃/覆盖成遮风挡雨的穹顶/自由的自然/无法穿透现代质量/喷淋设备弥漫着/喧嚣和霸道/让四季随心所欲/串串深紫色的红提/粒粒金黄色的梨/还有/大狗蹲在角落/时而发出理直气壮的吠声/微笑地盯着/赤裸着青春的肉腿/在窄裙里扭捏/与牛皮靴子一起耸动出/铿锵有力的节奏

　　树叶黄了/比秋天来得更早！

这首诗想要表达什么，我不想在此说了，只想说说它的选材、构思和写作。

2011年秋天，我带小孙女去北京海淀区的一个果园里采摘，让她有个接触自然的机会。在苹果园里，我看到一位守望丰收的女人。她独自坐在那里，身后是她家承包的果园，满树的苹果压弯了树枝，还有许多果子掉在地上。

她的男人，在果园深处，陪伴着许多服饰鲜亮的男女在采摘苹果。那些家伙们吃着，嘻嘻哈哈地笑着，随手将咬过的苹果扔在地上，一箱箱苹果被装上他们的汽车，然后，他们只向女人和男人挥了挥手，便冠冕堂皇地绝尘而去。

丰收来临时，一位农民，并不是像我们想象中的那样欢天喜地，而是充满了担忧。他不知道自己的实际收入，也不知道还有多少来免费采摘，甚至糟蹋他们果实的人们。

我与女人的聊天中，知道了她面对丰收的忧虑，知道了他们辛苦了一年后的处境。她说，从苹果成熟开始，这样不给钱的采摘和糟蹋，几乎每天都有。听了她的诉说，我的心在疼。回家后，我便写下了这首诗。

我以为，文学就应该反映普通人的生活，说出他们的快乐和痛苦。诗歌绝不仅仅是风花雪月，还应该有酸甜苦辣。为普通人的生活发声，是作家的基本责任。真正的诗人，绝不会写出"五省共追超女狂""不蒸馒头争口气"这样的字句。

　　小说的创作也是这样，从取材，构思，到成文，它必得抽取生活中的精华部分，来表现生命面临的真实情景，力求情节充满内涵，语言得有张力，故事要圆满。而不是复述生活过程，不是一二三四那样排列生活现象。一部好的小说，一定得通过人活动的表象，探索他内心的灵动，立体地表现生活。

　　我的小说《躁动》，就是表现了"文化大革命"后，一对重回城市的中年知识分子的心境。小说中的男女，都是高级知识分子，在"文化大革命"中各自失去了伴侣，鳏寡独居。在开电梯的小姑娘的误操作中，一次次的偶然事件，使他们曾遭遇灾难的心，逐渐恢复常态，彼此的内心深处，萌动了情爱的火苗。仅此而已。没有开始，没有详细的过程，更没有结局。只是截取了日常工作中一个小小的片段。

　　故事的素材也很简单。记得是1987年夏天，我到社科院去看一位朋友，那时我还很年轻。开电梯的小姑娘送我上去时，按错了楼层。那时电梯很少，每一部电梯都有专门的"司机"职守。当时我只顾着看那位漂亮的姑娘，没注意她按了几层的电钮。电梯停下后，我按照每次的习惯，去敲朋友办公室的门。可我没听到朋友熟悉的"请进"的声音，在我准备第二次敲门时，门突然打开了。一位中年女人，笑眯眯地看着我问：您找谁？有什么事？

　　我并没有意识到出了差错，赶忙说，我找XX。

　　女人笑了，用手指着上面说，你走错楼层了。他在上面这间办公室。

到了朋友的办公室后，我对他说了走错楼层的事，他边为我倒茶，边不经意地说了句：那是个寡妇，挺好的人。

听了朋友的话，我的心猛地一动，像被什么东西触到了。因为我的那位朋友也是单身，他与那女人的年龄也相仿。

好多天过去了，这个情景一直在我脑海里转悠，那女人的微笑和朋友的话语，总是出现在我的思维里，无法忘记。于是我就想，多好的素材，干吗不把这事写成小说啊。然后，有一天我便把它写成了小说，取名《躁动》，作品也很短，三千多字。

不过我没把这件事告诉我的朋友，没告诉他我把他给虚构了，当然也不知道他们是否像我小说里虚构的那样，真的碰撞出了情爱的火花。但在写作这篇小说时，我是真心希望朋友与那女人重新找到自己新的爱情。

这是我发表的第一篇小说，就是这么一个简单的故事，竟然得到了许多著名作家和文学评论家的认可和赞扬。他们说这是真正的文学作品，是宝塔尖上的东西。

实话实说，当时我挺得意的。我也正是在那个时候，突然明白了，小说就是这样的，应该这样写。写普通人的生活，写他们的遭遇，他们的心理活动。

给大家介绍我的小说写作过程，是想告诉大家，创作的选材，叙事的角度，语言的运用，要有独特的地方。一定要避开表面现象，尽可能地深入人的内心里去，探索他们的心理活动。

按照艺术的内涵，在小说的语言和结构等技巧之外，还有想象、简洁与浓缩等因素，最重要的还有对人，对人性的关注，对人物的塑造。仅仅记述一个生活现象，则会失去作品的文学性，变成一个简单的故事。

请大家记住这一点，写生命，写心理活动的作品，永远要比写生活表象的作品好看耐读，也能更长久。

散文的创作与诗歌和小说都不同。

散文的题材更宽泛，但是要写好一篇散文，或许不是件容易的事。散文的题材大约有这么几类：写人，写物，写名胜古迹，写历史文化等。篇幅也灵活，可短可长，几百字，几万字的文章，都可以归入散文的范畴。

对于散文写作，很多文学爱好者都有个误区。以为用文字将一件事，一个风景，或者一个物体写清楚，或者将一个旅游区有哪些景点，叙述出来就是散文了。

其实不是。我个人的感觉不是这样的。我以为散文较比小说和诗歌的写作更难。严格地说，散文是不允许虚构的，它的内容完全来自真情实感，来自于作者与事和物的情感交融，所有的文字都是情化物。一个人，一件事或者一个景物，一个记忆，哪怕是一个叫卖声，能被作者写入文章，一定是有某些东西感动了作者，或是爱，或是恨。瞻望前景，记忆过去，草木山水，花鸟鱼虫，散文的文字，可以包罗万象，但必得承载和传递写作者的真情实感。除此，哪怕是千言万语的文章，也不能称为散文，称为"记事"或"好人好事"也许更贴切些。

要想写好散文，必得有思维灵性，还得有较为深厚的知识积累，简单的文字，无法支持散文的深厚内涵。我们的文章，可能做不到纵横古今，但要向着经天纬地的程度努力，有了高远的目标，才会有美好的收获。

编辑工作中，我读到过无数的散文稿件，开诚布公地说，绝大部分属于一般性的作品，没有刊发价值。大量的散文稿件，语言无个性，题材相同或近似，行文平面化，就事论事，很少有立体式的叙事，不能引起读者的共鸣。这也是编辑舍弃这部分稿件不用的原因。因为刊物也有个生存问题，任何一个刊物，都要刊发最好的作品，刊发读者认可的作品，没有了读者，刊物也就没有了存在的理由。

这里我想用两篇散文为例，都是年轻的普通作者的散文，这样大家更容易理解。

一篇是《社火》，作者山西人，名字忘记了。作者在这篇散文里写了家乡过年时的情景，但又没有局限于过年的形式，而是从点燃"社火"的历史传承，联想到家乡的现状，人们辛辛苦苦劳作了一年后，几乎没有收获，仍然贫穷着。在这样的日子里，农民们仍然憧憬着美好的明天。小村在寒冷的新年夜，到处都是黑漆漆的，每一个人的心中，都对吃饱饭充满了期盼，希望来年有个好收成。然后，作者用熊熊燃烧的社火，将过年的气氛烘托到最高潮，所有生活在贫困中的男女老少，都随着"社火"火焰的耀亮，陶醉在那喧闹着的，红红火火的温暖中，小山村在"社火"中沸腾着。

看了这样的散文，我想读者一定会被感动，一定会为小村默默地祈福，在心里祝愿他们明天的生活更美好。这是以内容取胜的散文。

另一篇是《逃离母亲》，作者尔蜜，辽宁人。这篇散文我在许多场合都讲到过。写母爱的散文非常多，大都是写母亲对子女的呵护，挚爱甚至是溺爱，写作者对母爱的感恩之情，写要报答母亲的心境。母爱是文学作品里永恒的题材，大家都在这样写。如果你也这样写，要么你的文字精彩，要么你写到的母亲独具特色，否则，很容易就淹没在众多稿件里。

《逃离母亲》首先从题材上就显示了不一样，叙事角度也奇特，作者要逃离母亲。但在这篇散文里，作者却真真地写了母亲对她的爱。但她感觉到了这样的母爱像牢笼般束缚了她，她要回报母亲给她的爱，最好的方式就是逃离母亲的呵护，去创造自己的事业，让自己成人，这才是回报母亲最好的方式。

一个文学编辑，如果不被这样的散文感动，那他绝不是个好编辑。这是以题材、叙事角度取胜的散文。当然了，这两篇散文的叙事和语言也都不错。

怎样写出文情并茂的散文呢，大家可以读读：朱自清、丰子恺、黎巴嫩作家纪伯伦等大家的作品，这会对提高自己的语言有好处。

大家在写作散文时，千万，千万要记住，叙事语言要精，文本要简，着眼点要广，对所写的事和物，要融入作家的真情。

我的散文《屠鸽》就是记录了发生在"文化大革命"时期的一个真实事件。这篇散文一刊出，便被许多报刊转载了。

好的文学作品，必得充满作家的倾诉激情，每一部分都需要燃烧着，达到这样的境界，才会具有阅读价值，才有可能流传久远。

最后说说关于投稿的问题

我想介绍下我编刊的经验。

有的作者在给刊物投稿时，大刀阔斧，地毯式轰炸，中篇小说一投就是三五部，短篇小说则十几篇，散文几十篇，诗歌就更多。这么投稿还不是专门投给一个刊物，而是电邮给几个刊物。大约是自己写出了多少，就投寄出多少。这些作者的心情可以理解，这么投稿的原因只有一个，"太想发表作品了"。

可是您想过没有，编辑也是人，正常情况下，每天大约十几万字的阅读量。遇到好作品，还得反复读几遍，以确定是否要提稿，提起的稿件还得编校。这么大的阅读量，您一个人的稿件就都占了，可能吗？一个编辑，能够从几十万文字中，为您挑选够发表水平的稿件吗？他的编辑工作还干不干？

您坐在电脑前，手指点一点，您就坐家里等着拿稿费了，有名有利了，是吧？

我敢说，没有一个编辑愿意这么干活儿。除非您的稿件篇篇是精品，随便拿出哪篇都可刊发。否则，这样投稿的人，大约很少会得到发表作品的机会。

有句俗话说：人不能一口吃成胖子。

所以我想说，咱们爱好文学，想成为大作家，但路要一步步地走。投稿也应该按照规矩，自己挑选出最新的，最满意的作品，一篇一篇地投给刊物，然后耐心地等待结果。您把编辑当成人对待，尊重他的工作，他才会有时间，有精力，认真审读您的稿件，您也才有发表作品的机会。

另外，最重要的一点就是，要相信自己的创作能力，稿件能够发表，皆大欢喜，不能发表，也别气馁，别埋怨刊物和编辑，先找找自己作品的原因，能够自己发现自己作品的弱点时，就是您成功的开始。